목신의 오후

L'APRÈS-MIDI D'UN FAUNE

STÉPHANE MALLARMÉ

CETTE ÉDITION DES POÉSIES DE STÉPHANE MALLARMÉ EST ILLUSTÉE
DE VINGT-NEUF EAUX-FORTES ORIGINALES DE HENRI MATISSE.

— 앙리 마티스 에디션 —

목신의 오후

스테판 말라르메 지음 × 앙리 마티스 엮고 그림

최윤경 옮김

문예출판사

일러두기

- 이 책은 앙리 마티스가 스테판 말라르메의 시를 직접 선별하고 에칭화를 넣어 편집한 것으로, 1932년 알베르 스키라가 145부 한정 출간한 원전을 완벽히 재현한 판본인 *POÉSIES*(EDITO-SERVICE S.A., GENÈVE, 1970)를 저본으로 삼았습니다.

- 차례에 ◦로 표시된 시는 제목이 없어, 주로 시의 첫 행이나 잘 알려진 구절을 제목으로 삼은 것입니다.

- 옮긴이 주는 *로 표시했습니다.

차례 ———

10 인사

13 불운

19 환영

22 하찮은 청원서

24 저주받은 어릿광대

27 악마에 홀린 흑인 여자°

29 탄식

30 창

35 꽃들

37 새봄

39 번민

41 씁쓸한 휴식에 지치고°

44 종 치는 수사

47 여름날의 슬픔

49 창공

54 바다의 미풍

56 적선

58   소네트

60   시의 선물

에로디아드

66   장면

79   성 요한의 송가

목신의 오후-전원시

84   목신

95   성녀

97   추모의 건배

101   산문

105   부채

108   다른 부채

112   앨범 한 장

114   여인이여, 지나친 격정 없이도°

116   오 멀리서 가까이서 순백의, 그토록°

118   벨기에의 친구들을 회상함

120 거리의 노래

120   I. 구두 수선공

122   II. 향기로운 허브를 파는 아가씨

123   III. 도로를 고치는 인부

123   IV. 마늘과 양파를 파는 상인

124   V. 일꾼의 아내

124   VI. 유리 장수

125   VII. 신문 파는 아이

125   VIII. 옷 파는 여자

126 휘슬러에게 보내는 쪽지

128 롱델

128   I

131   II

132 소곡 I

134 소곡 II

136 소곡 (병사의 노래)

소네트 몇 편

142 어둠이 숙명의 법칙으로 위협할 때 °

144 순결하고, 강인하며 아름다운 오늘은 °

146   아름다운 자살은 의기양양하게 달아났구나 °

148   제 순결한 손톱들이 그들의 오닉스를 높이 들어 바치는 °

152   이 머리칼은, 극단에 이른 불꽃의 비상 °

156   에드거 포의 무덤

159   샤를 보들레르의 무덤

161   무덤

163   예찬

165   예찬

167   집약된 온 영혼은 °

169   어느 찬란하고 희미한 인도 너머로 °

171   I. 이 저녁 모든 긍지가 연기를 피운다 °

173   II. 가냘픈 유리병의 둔부와 도약에서 솟아올라 °

175   III. 한 겹의 레이스 사라진다 °

177   시간의 향유가 배인 그 어떤 비단도 °

180   당신의 이야기에 내가 나온다면 °

184   짓누르는 구름에 °

186   파포스의 이름 위로 내 낡은 책들을 다시 덮고 °

189   작품 해설
233   옮긴이의 말
237   스테판 말라르메 연보

인사

SALUT ──────

아무것도 없네, 이 거품, 순결한 시가
오직 술잔을 가리킬 뿐.
그리하여 저 멀리 세이렌의 무리 여럿이
물속으로 뒤집혀 자취를 감춘다.

우리는 항해하네, 오 나의 각양각색의
친구들아, 나는 이미 배꼬리에서
그대들은 벼락과 혹한의 파도를 가르는
화려한 뱃머리에서.

아름다운 취기가 나를 사로잡아
배의 요동에도 두려움 없이
일어서 축배를 들게 하네

고독에, 암초에, 별에

우리 돛의 하얀 근심을 가져오는
모든 것에.

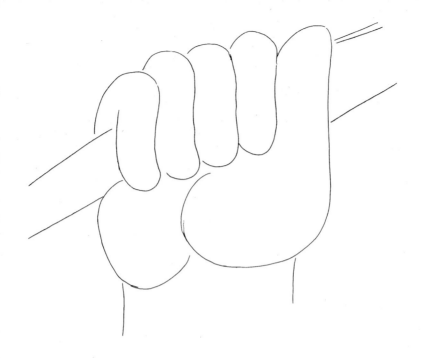

불운

LE GUIGNON ———

압도당한 인간 무리 위로
우리의 길을 밟고 창공을 구걸하는 자들의
거친 갈기가 튀어 오를 듯 번쩍이고 있었네.

그 행군 위로 군기처럼 날개를 편 검은 바람이
추위로 채찍질하여 그들 살갗은
그 성난 자국이 깊이 파였네.

바다를 만나리란 희망을 품은 채
빵도, 지팡이도, 물항아리도 없이
쓰디쓴 이상理想의 황금 레몬을 깨물며 그들은 여행했네.

밤의 행렬에 헐떡이면서도
자신의 피가 흐르는 것을 보는 행복에 거의 모두가 취했
으니
말 없는 입술들이 받게 될 단 한 번의 입맞춤은 오, **죽음**
이라네!

벌거벗은 칼을 들고 지평선에 선,
막강한 천사가 있어 그들은 패배하니,
황송한 가슴에 진홍빛 응어리가 맺히네.

꿈의 젖을 빨던 것처럼 그들은 고통의 젖을 빠네
그들이 관능의 눈물에 맞추어 노래할 때

군중은 무릎을 꿇고 그들의 어머니는 일어서네.

이들은 위로를 받았고 확신도 위엄도 있는 터,
그러나 조롱당하는 백 명의 형제들,
교활한 우연에 순교당한 하찮은 이들을 발아래 끌고 가네.

짜디짠 눈물이 그들의 보드라운 뺨을 갉아먹네,
그들은 한결같은 사랑으로 재를 삼키지만,
비열하거나 익살을 떠는 운명이 그들을 차형車刑*에 처해
버리네.

그들은 북소리처럼 음울한 목소리로
종족들의 비굴한 동정을 불러일으킬 수도 있었네,
독수리 없는 프로메테우스 같은 자들!

아니, 가는 곳마다 웅덩이도 없는 사막과 마주치는 비천한
자들이니,

---

* 팔다리를 수레바퀴에 묶어 죽이는 형벌.

그들은 성난 폭군, **불운**의 채찍 아래로 몰려든다네
상상을 초월하는 그 웃음소리에 머리를 조아리며.

그놈은 연인들, 그 사이를 비집고 들어와 셋이 말 엉덩이
에 올라탄다네!
급류를 건넌 뒤에는, 당신들을 진창에 처박고
허우적거리는 허연 진흙더미 한 쌍을 남겨두고 가지.

그놈 덕분에, 남자가 제 괴상한 뿔고둥을 불려 하면
아이들은 엉덩이에 주먹을 대고 팡파르 울리는 시늉을 하네
그치지 않는 웃음에 우리는 허리를 가누지 못하리.

그놈 덕분에, 다시 성숙하게 꽃피고자
마침 여자가 제 시든 가슴을 장미로 장식하려 해도,
그녀의 저주받은 꽃다발은 끈적한 침으로 번들대리라.

그리고 이 난쟁이 해골은, 깃털 달린 펠트 모자를 쓰고
장화를 신었는데, 겨드랑이엔 털처럼 보이는 벌레가 들끓
으니,
그들에게는 끝 모를 막막한 쓰라림이네.

화가 나서 그들은 악당을 도발하지 않을까,
절그렁거리는 그들의 긴 칼은 눈 내리듯 해골을 가르고
관통하여 달빛을 뒤따르네.

불행을 떠받치는 오기도 없는,
고작 거친 말들로 부서진 뼈를 복수하는 불쌍하고 한심한
이 자들은 원한보다 증오를 간절히 바라네.

서툴게 세 줄 현*을 긁어대는 연주자들도,
애녀석들, 창녀들, 다 비운 술병을 들고 춤추는
누더기 걸친 노인네들도 그들을 놀려댄다네.

적선에도 복수에도 능한 시인들은
이 지워진 신들의 고통을 모르고서
그들이 지루하고 똑똑지 못하다고 하지.

"그들도 제법 공적이 있으니

---

* 원문에는 레벡(삼현호궁)이라는 악기 이름이 쓰였다. '라, 미, 레' 세 음만 연주
  할 수 있는 중세시대의 현악기로 음유시인들이 연주했다고 한다.

갑옷 입고 달려 나가느니 차라리
거품을 뿜어대는 순진한 말처럼 도망쳐도 될 텐데.

승리자를 축제의 훈향에 취하게 하려는데,
이 떠돌이 광대들은 왜 진홍빛 누더기도 걸치지 않고서
게 멈추라 소리를 지르는가!"

모두가 그들 면전에 경멸의 침을 뱉으면,
천둥이나 치라며 수염에 덮인 나지막한 소리로 웅얼대는
얼간이들,
불편한 익살에 지친 이 영웅들은

우스꽝스럽게 가로등에 목을 매달러 간다네.

환영

APPARITION ————————

달은 슬퍼졌다. 눈물 젖은 천사들이
손가락에 활을 걸고, 어렴풋한 꽃들의 고요 속에서 꿈을
꾸며,
잦아드는 비올라 소리에서
하늘빛 꽃부리 위로 미끄러지는 하얀 흐느낌을 끌어내고
있었기에.
—너와 첫 입맞춤을 한 축복받은 날이었다.
나를 끈질기게 괴롭히는 몽상은
슬픔의 향기에 묘하게 취했었네
후회도 환멸도 없다 해도
꿈이 꺾인 가슴에 슬픔의 향기가 남게 마련이니.
낡은 포석만 내려다보며 배회하던 내 앞에
머리에 햇살 두르고, 그 거리에,
그 저녁에, 환히 웃으며 네가 나타나
응석받이 아기였던 그 옛날 내 단잠 위로

살머시 쥔 향기로운 별들 하얀 다발을
눈처럼 뿌려주고 가던
빛의 모자를 쓴 요정을 본 것 같았다.

하찮은 청원서
PLACET FUTILE ────

공주님! 당신이 입술 맞추는 이 찻잔 위에
그려진 헤베*의 팔자를 부러워하며,
나도 내 불꽃을 태웁니다만 사제라는 점잖은 신분인지라
세브르의 도자기에 벌거벗고 등장할 수가 없군요.

나는 당신의 수염 난 복슬강아지도,
달콤한 사탕도 입술연지도, 교태로운 **연회**도 아니기에,
당신의 감은 눈길이 내게 꽂힐 줄은 알고 있지요,
솜씨 좋은 미용사들이 금은 세공하듯 매만진 금발의 아가
씨!

우리를 임명하세요…… 당신이 짓는 딸기향 나는 그 많은

---

* 그리스 신화에 나오는 젊음의 여신. 제우스와 헤라의 딸로 신들의 연회에서 신
  주神酒를 따르는 일을 맡았다.

웃음이
　　길들인 어린 양 떼처럼 불어나 누구에게서든
　　소원을 뜯어먹고 흥분하여 메에메에 우네요, 그대여,

　　우리를 임명하세요…… 부채로 날개를 단 **사랑의** 신이
　　손에 피리를 들고 이 양 우리를 재우는 내 모습을 부채에
그리도록,
　　공주님, 당신 미소의 목동으로 우리를 임명하세요.

저주받은 어릿광대
LE PITRE CHÂTIÉ ─────────

두 눈, 그건 호수라네, 켕케등*의 더러운 그을음을
마치 깃털인 양 몸짓으로 그려내는 어릿광대 아닌
다른 것으로 다시 태어나고픈 내 소박한 도취를 품은,
나는 천막 벽에 창을 하나 뚫었네.

다리와 양팔로 헤엄치는 투명한 배반자, 나는
몇 번이고 도약하면서, 형편없는 햄릿을 부정하네!
파도 속에 수천 개의 무덤을 만들어
그리로 순결하게 사라지기라도 할 것처럼.

주먹질에 성난 심벌즈의 쾌활한 황금,
저 태양이 갑자기 내 신선한 **진주모**珍珠母에
순결하게 드러난 알몸을 내리치니,

─────────────

* 석유램프의 일종. 1873년 프랑스의 약사 앙투안 켕케가 발명했다.

24

살갗 역겨운 밤 그대가 내 위를 흘러 지날 때,
몰랐다니, 몹쓸 놈! 그것이 내 축성식의 전부였다는 걸,
빙하의 음험한 물에 잠긴 이 분 칠갑이.

악마에 홀린 흑인 여자

UNE NÉGRESSE PAR LE DÉMON SECOUÉE ————

악마에 홀린 흑인 여자
신기한 금단의 열매에 슬퍼하는 여자아이를
누더기 드레스 아래에서 맛보고 싶어,
이 탐식가는 교활한 계략을 꾸미니,

그녀 배의 행복한 두 개의 젖꼭지를 비교하고
또, 손이 닿지 않을 정도로 높이,
그녀는 짧은 부츠 사이 어두운 충격을 날름거리네
마치 쾌락에 익숙하지 않은 혀처럼

떨고 있는 가젤의 두려운 알몸에,
광란의 코끼리처럼 등을 대고 몸을 젖힌
그녀는 열정에 스스로 도취하여 기다리네,
이를 드러낸 순진한 미소를 소녀에게 지으면서.

그러자, 제물이 누워 있는 다리 사이,
갈기 아래로 검은 피부가 열리며 부풀더니,
바다 조개처럼 창백하고 분홍빛인
이 이상한 입의 궁전을 쑥 내미네.

탄식
SOUPIR ————

내 영혼은, 오 조용한 누이야, 어느 가을이
주근깨에 덮여 꿈꾸는 네 이마를 향해서,
천사 같은 네 눈에 떠도는 하늘을 향해서,
솟아오른단다, 우수 어린 어느 정원에 있는,
하얀 분수가 한결같이 **창공**을 향해 탄식하듯이!
—큰 연못에 끝없는 우울을 비추는,
그리고 황갈색으로 떨어진 이파리들이 바람에 떠돌며
차가운 고랑을 파는 죽은 물 위에
노란 태양이 긴 빛살 한 자락에 끌려가게 두는
창백하고 순결한 **시월**의 다정한 **창공**을 향해서.

창

LES FENÊTRES —————

침울한 병원이 지겨워, 텅 빈 벽이 지루해진 큰 십자가 쪽
으로
진부한 흰색 커튼을 타고 피어오르는
역한 향냄새가 지겨워,
그 속을 알 수 없는 죽어가는 병자는 늙은 등을 다시 일으켜,

다리를 끌며, 간신히 간다, 썩은 제 몸 덥히려 하기보다
자갈 위를 비추는 햇빛을 보기 위해,
수척한 얼굴의 흰 털과 뼈를
맑고 환한 햇살에 뜨겁게 달아오른 창에 가져다 대는데,

푸른 하늘을 게걸스레 탐하는, 열에 들뜬 그의 입은,
젊은 날, 보물처럼 여기던, 그 오래전의
순결한 피부를 들이마시던 것처럼!
길고 씁쓸한 입맞춤으로 미지근한 금빛 유리창을 더럽힌다.

취하여, 그는 산다, 성유의 두려움도,

탕약과 괘종시계, 고역인 침대도,

기침도 잊은 채, 기와지붕들 사이로 저녁 해가 피를 흘릴 때,

그의 눈은, 빛살 가득한 지평선에서

백조처럼 아름다운 금빛 갤리선들을 본다.

무심하게 추억을 가득 싣고서

풍성한 황갈색 섬광의 빛살을 흔들며

향기 감도는 주홍빛 강 위에 잠들어 있는!

그렇게, 오직 식욕이 이끄는 대로 먹고, 팔자 좋게 뒹굴며,

어린 자식 젖 먹이는 아내에게 갖다주려

쓰레기를 뒤지는 데 정신 팔린

무딘 영혼의 인간이 환멸스러워,

나는 달아난다, 그리하여 저들이 삶에 등 돌리는

모든 유리창에 매달려 축복을 받으리,

영원의 이슬이 씻겨주고,

무한의 순결한 아침이 금빛으로 물들인 그 유리에

나를 비추어보니 천사가 보이는구나! 그리고 나는 죽어서,
—그 창유리가 예술이건 신비이건—
내 꿈을 왕관으로 쓰고, 다시 태어나고 싶다,
아름다움을 꽃피우는 전생의 하늘에서!

아아! 그러나, 이 세상이 주인인 것을, 때때로
떨쳐지지 않는 생각이 이 안전한 피난처까지 찾아오니 진
저리가 나고,
어리석음의 역겨운 구토에
창공 앞에서 코를 막을 수밖에 없구나.

이 쓰라림을 아는 **나**여,
괴물의 모욕을 받은 수정을 깨고
깃털 없는 나의 양 날개로 달아날 방법이 있는가?
—영원히 추락하는 한이 있어도.

꽃들
LES FLEURS —————

첫째 날, 재앙이 닥친 적 없는 아직 젊은
이 땅을 위해, 당신은 오래전에 따놓으셨네
옛 창공의 황금빛 낙석과 별들의
영원한 눈사태로부터, 이 커다란 꽃송이들을,

목이 가녀린 백조들 같이, 황갈색 글라디올러스를,
짓밟힌 새벽의 부끄러움에 붉게 물든
천사의 티 없이 깨끗한 엄지발가락 같은 진홍빛
추방된 영혼들의 이 신성한 월계수꽃을,

히아신스를, 근사한 빛을 띤 도금양을,
그리고 여자의 살결처럼 잔인한
장미, 환한 정원에 피어난 에로디아드,
사납고 찬란한 피를 머금은 그 꽃을!

그리고 당신은 백합의 흐느끼는 흰 빛을 만드셨네
그 빛은 한숨의 바다 위를 스치듯 굴러가
희미해지는 지평선의 푸른 향_香타고
울고 있는 달을 향해 꿈꾸듯 올라가네!

시스트르* 선율 따라 향로에서 피어오르는 호산나,
성모 마리아, 우리 **고성소**古聖所** 동산의 호산나여!
하늘나라의 저녁으로 메아리를 그치게 하소서,
그 황홀한 시선, 번쩍이는 후광!

오 어머니, 당신의 올곧고 강인한 가슴 안에,
저 미래의 약병이 흔들리는, 커다란 꽃들의
꽃송이로 향기로운 **무덤**을 만들어놓으셨네
삶에 시들고 지친 이 시인을 위해.

---

* 만돌린과 비슷한 16~17세기 현악기.
** 가톨릭교에서 구약의 성인들이 구세주의 구원을 기다리던 장소.

새봄
RENOUVEAU ──────

병든 봄이 아쉽게도 겨울을, 고요한 예술의 계절,
정신 맑은 겨울을 몰아내버리니,
침울한 피가 감도는 내 안에
무기력이 길게 하품하며 기지개를 켠다.

오래된 무덤처럼 쇠줄이 동여매고 있는
내 두개골 아래 하얀 황혼이 미지근하게 식어가고,
슬픔에 잠겨 나는 힘찬 수액이 으쓱대며 넘쳐흐르는 들판을
떠돈다, 희미하고 아름다운 꿈을 좇아.

그러다 지쳐, 나무 향기에 맥이 풀려 쓰러지네,
얼굴로 내 꿈에 구덩이를 파고,
라일락 돋아나는 따뜻한 흙을 씹으며,

깊은 수렁에 빠져 나는 기다린다, 내 권태가 고조되기

37

를······

　—그런데 저 **창공**이 웃고 있구나 산울타리 위에서,

　저 많은 새들 꽃피듯 깨어나 해를 보며 지저귀고.

번민

ANGOISSE ─────

이 저녁 내가 온 것은, 네 몸을 정복하기 위해서도,
오 인간 군상의 죄악이 몰려가는 짐승아,
내 입맞춤이 뿌려대는 치유될 수 없는 권태 아래
더러운 네 머리칼에 음울한 폭풍으로 파고들기 위해서도
아니다.

나 너의 침대에서 꿈도 없는 무거운 잠에 들고 싶은데
그 잠은 회한을 모르는 저 장막 아래를 떠돌고 있구나,
너는 시커먼 거짓말을 늘어놓은 뒤에 그 잠을 맛볼 수 있
겠지,
죽은 자들보다 그 허무를 잘 알고 있으니.

그건 **악덕**이, 나의 타고난 기품을 갉아먹으며,
내게도 너와 같이 그 불모의 표식을 남겼기 때문이지,
그러나 돌 같은 네 가슴에는 그 어떤 죄악의 이빨에도

상처 입지 않는 심장이 들어 있지만,

창백한, 초췌한, 내 수의壽衣를 떨쳐버리지 못한, 나는 도
망친다,

혼자 잠들었다 죽을까 두려워하며.

씁쓸한 휴식에 지치고

LAS DE L'AMER REPOS
OÙ MA PARESSE OFFENSE ————

영광을 찾아서 자연의 하늘 밑 장미 숲의

소중한 어린 시절을 오래전에 떠나왔건만

내 게으름이 그 영광 욕되게 하는 씁쓸한 휴식에 지치고,

머릿속 인색하고 차가운 땅에,

밤새워 새로운 무덤을 파겠다는 독한 계약에

일곱 배는 더 지쳤네

무자비하게 불모의 무덤을 파는 자, 나는

—오 꿈들아, 장미꽃들이 찾아오면, 이 새벽에게

무어라 말하나? 커다란 묘지는 빛을 잃은 제 장미들이 두
려워,

이 빈 구덩이들을 한데 합칠 텐데—

잔인한 나라의 탐욕스런 예술은 집어던지고,

내 친구들과 과거와 천재와,

내 고뇌를 그나마 알고 있는 등잔불이 내게 던지는

해묵은 질책을 웃어넘기면서,

투명하고 섬세한 마음 가진 중국인을 따르려네

황홀한 달빛 어린 눈밭 같은 찻잔에,

어린 시절 알던 꽃 한 송이, 그의 맑은 삶을 향기로 물들
이는

묘한 꽃의 끝을 영혼의 푸른 선에 접붙이듯

새겨 넣으며 순결한 황홀에 이르는 그를.

그리하여, 현자의 유일한 꿈을 지닌 죽음이 그렇듯

담담하게, 나는 젊은 풍경 하나 골라

찻잔에 무심히 다시 그려보려네.

가늘고 파리한 하늘빛 선은,

민무늬 도자기 하늘에 뜬 호수가 되고,

흰 구름에 가려진 맑은 초승달

그 고요한 뿔을 얼어붙은 수면에 담그네,

그리 멀지 않은 곳에, 비췻빛 긴 속눈썹인 듯, 갈대가 세 대.

종 치는 수사
LE SONNEUR ───────

깨끗하고 맑고 깊은 아침 하늘에
청명한 음색을 불러일으키는 종은
라벤더와 백리향 풀숲에서 삼종기도를 크게 읊는
어린아이 곁을 지나가며 기쁨을 주는데,

종 치는 수사는 그 소리에 깨어난 새들의 깃털에 스치며,
백 년 묵은 밧줄 팽팽히 당기는 디딤돌에 올라타
애처롭게 발을 구르며 라틴어를 웅얼거리지만
땡그랑 종소리만 아득하게 들려올 뿐.

슬프게도 나 또한 그 신세! **이상**理想의 종을 울리려고
갈망에 찬 밤의 밧줄을 아무리 잡아당겨도,
차가운 **죄**에 충실한 깃털이 장난을 치니,

부스러진 공허한 소리만 내 귀에 들려오네!

그러나 보람 없는 줄다리기에 끝내 진력나는 날,

오 사탄아, 나는 저 디딤돌을 치워내고 목을 매리라.

여름날의 슬픔
TRISTESSE D'ÉTÉ ——————

태양은, 모래 위에, 오 잠든 여전사여,
네 머리칼의 금빛으로 나른한 목욕물을 데우고,
적의에 찬 네 뺨 위에 향불을 태우며
너의 눈물에 사랑의 물약을 섞는다.

타오르는 이 흰 **빛**이 흔들림 없이 잠시 멈추었기에
슬픔에 잠겨 너는 말한다, 오 내 소심한 입맞춤들아,
"우리는 결코 하나의 미라가 될 수 없으리
고대 광야의 행복한 종려나무 아래!"

그러나 너의 머리칼은 따뜻한 강,
우리를 사로잡은 영혼은 떨림도 없이 거기 잠기어
네가 알지 못하는 저 **허무**를 만나게 되리.

너의 눈꺼풀에서 눈물 젖은 연지를 나는 맛보리라,

네가 찌른 이 심장이

저 하늘과 돌처럼 무감각할 수 있는지 알기 위해서.

창공
L'AZUR ————

태연히 빈정거리는 영원한 **창공**은
무심하게 꽃처럼 아름다워,
고통의 메마른 사막을 건너며
자신의 재능을 저주하는 시인을 짓누르네.

도망치며, 두 눈을 감아도, 깊은 후회로 텅 빈
내 영혼을 바라보는 따가운 시선을
벗어날 수 없어. 어디로 달아나나? 갈가리 찢긴
어느 사나운 밤이 이 가슴 아픈 모욕을 가려줄까?

짙은 안개여, 피어올라라! 너의 잿빛 알갱이들을
안개의 긴 누더기에 실어
가을의 납빛 늪이 빠져 죽을 하늘에 흩뿌리고
거대한 침묵의 천장을 세워라!

그리고 너는 망각의 연못에서 나오라
나올 땐 진흙과 파리한 갈대를 가져와,
친애하는 **권태**야, 결코 지치지 않는 손으로
새들이 심술궂게 뚫어놓은 저 큼직한 푸른 구멍을 막아버
려라.

거기에 더! 침울한 굴뚝들아, 쉬지 말고
연기를 뿜어라, 떠다니는 검댕의 감옥들아
지평선에서 노랗게 죽어가는 태양을
공포의 검은 자락으로 덮어 꺼뜨려라!

—**하늘**은 죽었다— 너를 향해 달려가니, 오 물질이여,
잔인한 **이상**理想과 **과오**를 잊을 망각을 다오
행복한 인간 축생들과
지푸라기 침대 한 자리 나누려는 이 순교자에게,

담장 아래 떨어진 분통粉桶처럼
내 머리는 마침내 텅 비어버렸으니
흐느끼는 생각을 별나게 치장할 재간도 더는 없어
컴컴한 죽음을 향해 침울하게 하품만 하고 싶을 뿐.

헛되구나! 창공이 승리하니, 종소리 타고

그 노랫소리 울린다. 내 마음아, 그가 심술궂은 승리를 거두니

우리를 한층 더 겁주는 목소리가 되어

살아 있는 쇳덩이에서 푸른 안젤루스로 퍼지는구나!

노회한 그가 안개를 타고 떠돌며

확신에 찬 칼날처럼 너의 타고난 고뇌를 꿰뚫네.

못된 반란이 수포로 돌아갔으니 어디로 달아나나?

내게 들러붙었네. 창공! 창공! 창공! 창공!

바다의 미풍
BRISE MARINE ————

아아, 육체는 슬프다! 그리고 나는 모든 책을 다 읽었네.
달아나자! 저기로 달아나자! 새들은
미지의 거품과 하늘 가운데에 취한 듯 보이네!
그 무엇도, 눈에 비치는 오래된 정원도
바닷물에 젖어드는 이 마음을 붙잡을 수 없으리.
아 밤마다! 흰색이 지키는 종이를 비추는
내 램프의 쓸쓸한 불빛도,
제 아이에게 젖 먹이는 젊은 아내도.
나는 떠나리! 네 돛대를 흔드는 기선이여
이국의 자연을 향해 닻을 올려라!
권태는, 잔인한 희망에 무너지고도,
손수건들의 마지막 이별을 아직 믿고 있다네!
그런데, 저 돛대들이, 폭풍우를 부르니 어쩌면,
바람에 난파선 위로 꺾여버릴 그런 돛대들인가
길 잃고, 돛대도 없이, 돛대도 없이, 비옥한 섬도 없이……

그래도, 아 내 마음아, 뱃사람들의 저 노랫소리를 들어라!

적선
AUMÔNE ───────

이 돈주머니를 갖게나, **걸인 양반**! 인색한 젖을 빠는
늙은 젖먹이처럼, 한 닢 한 닢 떨어지는 동전으로
당신 장례식 종이나 울리자고 애걸한 건 아니겠지.

소중한 이 쇠붙이에서 교묘한 죄를 끌어내보게
우리가 꽉 붙들고 거기 입을 맞추는 것처럼 한껏
쥐어짜고 바람을 불어넣어 뜨거운 팡파르를 울리게!

이 모든 집들은 향이 피어오르는 교회가 되지
그 담벼락에, 잠시 갠 푸른 하늘을 흔들어 재우는
담배가 말없이 기도문을 굴릴 때 말이야,

또 강력한 아편이 약상자를 깨고 나오는 그때!
드레스들과 피부, 너희들은 비단을 찢고
군침 흘리며 행복한 무력감을 마시고 싶은지?

호화로운 카페에서 아침을 맞으며 말이야.
그 천장에는 님프와 베일 장식이 가득,
창밖의 거지에게도 향연을 베풀지.

늙은 하느님아, 그래서 당신이 삼베천 둘러쓰고 추위에 떨며
나설 때, 새벽하늘이 황금 포도주 호수 같은지라
목구멍으로 별들을 마신다고 큰소리치지!

당신 가진 보물의 광채를 따져보긴 어려워도
적어도 깃털 하나쯤 당신도 치장할 수 있다네, 저녁 기도 때
당신이 아직 믿는 성자에게 촛불 한 자루 바칠 수 있다네.

내 말을 어리석다 여기지 말게.
이 땅은 다 늙어서야 굶어죽는 자에게 문을 열어준다네.
내 또다시 적선할 일은 없으니 그대는 나를 잊길 바라네.

무엇보다도 형제여, 빵을 사러 가지는 말게나.

소네트
SONNET ——————

(떠나간 당신의 사랑을 위해, 그녀의 친구로부터)

1877년 11월 2일

우울한 겨울이 잊혀진 숲을 지날 때
문지방의 외로운 죄수여, 그대는
우리의 자랑거리가 될 둘을 위한 이 무덤에
무거운 꽃다발의 부재만이 가득하다고 슬퍼합니다.

자정이 울려도 아랑곳하지 않고
그대에게 뜬눈으로 밤을 지새우라 합니다
마지막 불씨가 낡은 안락의자에 파묻힌
내 **그림자**를 비출 때까지.

자주 **방문**하고 싶은 사람이라면
너무 많은 꽃들로 묘석을 덮지 않도록 해요
힘이 빠지고 우수에 젖어 내 손으로 그 꽃들을 어찌 거두

겠어요.

  내가 앉아 있는 이 환한 난롯가에서 떨고 있는 영혼이여,
다시 살기 위해 내게 필요한 건 저녁내 내 이름 중얼거린
숨결을 그대 입술에서 빌려 오는 것뿐.

시의 선물
DON DU POÈME ────────

이뒤메*의 밤으로부터 당신에게 이 아기를 데려왔소!
캄캄하게, 깃털 빠진 피 흘리는 창백한 날개로
향료와 황금을 태운 유리창을 통해
얼어붙은, 아아, 게다가 적막하기까지 한 유리창을 통해
새벽빛이 천사 같은 램프에 달려드는구나.
종려나무들이여! 적의에 찬 미소 지으려는 아비에게
새벽빛이 이 유해를 보여주자
푸르고 메마른 고독이 몸서리쳤다오.
오, 아기를 어르는 여자는 당신의 딸과 함께,
당신들 차가운 발의 순결함으로 이 끔찍한 탄생을 맞이하
시게.

────────

★ 지금의 이스라엘, 요르단, 팔레스타인에 걸친 옛 지방 에돔Edom을 가리킨다.
 구약 성경의 인물인 에서Esau의 별명에서 유래한 말로, '붉다'라는 뜻이다. 신
 약에서 이뒤메는 헤롯 왕가의 발원지로, 그 왕가의 공주 에로디아드가 등장하
 는 말라르메의 장시 〈에로디아드〉의 배경이기도 하다.

비올*과 클라브생**이 떠오르게 하는 당신의 목소리,
순결한 창공의 공기를 탐하는 입술을 위해
무녀의 백색이 흘러내리는 여인의 젖가슴을
당신은 시든 손가락으로 누르려는가?

---

* 15~18세기 유럽에 보급되었던 찰현악기로, 오늘날의 첼로처럼 다리 사이에
  끼우고 연주했다.
** 현을 뜯어서 소리를 내는 건반악기인 하프시코드의 프랑스어 이름.

에로디아드

HÉRODIADE

장면
SCÈNE

성 요한의 송가
CANTIQUE DE SAINT JEAN

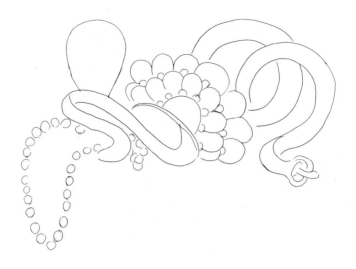

장면
SCÈNE ——————

유모 — 에로디아드

유모

살아 있네! 아니면 내가 지금 공주의 유령을 보는 건가?
그 손가락과 반지에 입맞춤을 해도 될는지, 그리고
미지의 시대를 거니는 건 이제 그만……

에로디아드

　　　　　　　　　　물러서라.

금빛으로 쏟아지는 내 순결한 머리칼에
고독한 몸이 젖어들어 공포로
얼어붙는구나, 빛이 휘감은 내 머리칼은
불멸의 것. 오 여자여, 한 번의 입맞춤이 나를 죽이리라
아름다움이 죽음이 아니라면……

　　　　　　　　　　　　　어떤 매혹에

이끌렸는지, 선지자들도 잊은 어떤 아침이
죽어가는 저 먼 곳에 구슬픈 축제를 퍼붓는지
내 어찌 알까? 겨울의 유모여, 그대는 보았지,
내 늙은 사자들 그 야수들의 시대가 어슬렁거리는
돌과 쇠창살로 된 육중한 감옥으로 내가 들어가는 것을,
운명을 따라 나는 손끝 하나 다치지 않고
옛날 왕들의 황량한 냄새 속으로 걸어 들어갔지.
그런데, 내가 무엇을 두려워하는지도 그대는 보았는지?
망명지에서 꿈꾸며 멈춰 서서, 분수가 나를
맞이하는 연못가 옆에 선 듯 나는
내 안에 피어난 창백한 백합 이파리들을 따는데,
내 몽상을 가로질러, 고요 속에 잠기는

그 초췌한 잔해를 눈으로 좇느라 정신 팔린
사자들은 나른한 내 옷자락을 벌려
바다라도 달래줄 내 발을 바라보았지.
그대는, 늙은 육체의 떨림을 가라앉히고
이리 오게, 당신들을 두렵게 하는 사자 갈기를 닮아
내 머리칼이 사납기 그지없으니
나를 도와라, 거울 속에서 하릴없이 머리를 빗는
내 모습을 그대는 더는 감히 쳐다볼 수도 없을 테니.

유모

밀봉된 병 속의 상쾌한 몰약은 아니지만,
늙은 장미에서 채취한 향유의
불길한 약효를, 아기씨, 한번
맡아보시렵니까?

에로디아드

　　　　　치워라, 그따위 향수는! 내가
끔찍이 싫어하는 것들이란 걸 유모는 모르는가, 그래서
내 머리를 나른하게 적시는 그 냄새에 취하라는 것인가?
내 바라는 것은 단지, 내 머리칼이

인간의 고통을 망각하도록 하는 꽃이 아니라
어떤 향료에도 영원히 더럽혀지지 않는 황금이기를,
그리하여 잔인한 광채 속에서도 빛바랜 창백함 속에서도
내 외로운 어린 시절부터 고향 성벽의 보석들,
무기들, 화병들, 너희들을 비추어왔던
금속의 그 삭막한 차가움을 간직하는 것뿐이다.

유모

용서하소서 여왕이시여! 나이를 먹으니 정신이 낡은 책처럼
희미해진 아니 깜깜해진지라 아기씨의 금지령을 잊고
서……

에로디아드

그만! 내 앞에 이 거울을 들고 있어라.

아 거울이여!

네 틀 속에 권태로 얼어붙은 차가운 물,
몇 번이나, 또 얼마나 오랜 시간 동안 나는
꿈에 실망하고 네 얼음 밑 깊숙한 구멍 속에
낙엽처럼 쌓인 추억들을 찾으며
네 표면에 먼 그림자처럼 나타났던가.

그러나 저녁이면, 끔찍하게도! 무정한 네 연못에서
나는 내 흩어진 꿈의 나신을 알아버렸다!

유모, 내가 아름다운가?

유모

　　　　　　　말 그대로 하나의 별이시지요
그런데 이 머릿단이 흘러내리는데……

에로디아드

　　　　　　　멈추어라, 피가 거꾸로 흘러
나를 얼어붙게 하는 그 사악한 짓을, 그리고 그 몸짓,
그 불경스러운 모독을 자제하라. 아! 말해보라
어떤 든든한 악마가 그대를 이 불길한 흥분에 빠뜨리는지,
내게 주려던 그 입맞춤, 향수, 그리고 내 이것도 말할까?
아 내 심정이여, 그대의 불경한 손까지,
아마도 그대는 나를 만지려고 했지, 그것들은
탑 위에서 불행 없이는 끝나지 않을 어느 날……
오 에로디아드가 두려움에 차 바라보는 그날!

유모

하늘이, 정녕 이 괴이한 시간으로부터 그대를 지켜주기
를!

외로운 그림자로 또 새롭게 이는 분노로 그대는 배회하고,

두려움에 떨며 성마르게 마음속을 들여다보지만,

그럼에도 불멸의 여신과 같이 사랑스럽고,

오 나의 아기씨, 두려울 만큼 이토록

아름다우신데……

에로디아드

하지만 너는 나를 만지려 하지 않았느냐?

유모

운명이
아기씨의 비밀을 맡겨놓은 사람이 바로 저였으면 하지요.

에로디아드

오! 닥쳐라!

유모

이따금 그분이 오실까요?

에로디아드

순결한 별들아,

듣지 말아라!

유모

끔찍한 어둠 가운데 있지

않고서는, 어찌 점점 더 집요하게 꿈을 꿀 수 있단 말인가

그대 아름다움의 온갖 보화가 기다리는 그 신에게

사정하는 것처럼! 한데, 누구를 위해 고통에

휩싸인 채 지키시나요, 그대 존재가 지닌

아무도 모르는 광채와 공허한 신비로움을?

에로디아드

나를 위해서다.

유모

슬픈 꽃이로구나, 홀로 자라서 물속에 망연히 비치는

제 그림자 말고는 무엇에도 감정을 못 느끼는.

에로디아드

물러가라, 동정과 조롱은 삼가게.

유모

그래도 알려주시지요. 오! 아닙니다, 순진한 아기씨
이렇게 기세 좋게 멸시하는 것도 언젠가는 수그러들겠지
요……

에로디아드

그러나 누가 만지려 한단 말이냐, 사자들도 함부로 못 하
는 나를?
그뿐만 아니라, 나는 인간은 원치 않는다, 조각상이 되어
낙원을 응시하는 나를 그대가 본다면
오래전 내 그대의 젖을 빨던 때를 회상하는 것이리.

유모

제 운명에 바쳐진 불쌍한 제물이여!

에로디아드

그렇다, 나를, 나를 위해서다, 내가 외로이 꽃피는 것은!

너희들은 알고 있지, 깊고 눈부신 심연 속에

끝 모르게 파묻혀 있는 자수정의 정원이여,

태곳적 빛을 간직하고

시원의 땅 그 캄캄한 잠에 빠져 있는 발견되지 않은 황금

이여,

너희, 순수한 보석과 같은 내 눈에

빛의 선율을 입혀주는 돌들이여, 또 너희들,

내 젊은 머리칼에 운명의 광채와

풍성한 자태를 주는 금속이여!

유모 그대가 인간에 대해 말하다니! 내 옷자락의

꽃받침을 말하고, 내 벗은 몸의 하얀 떨림이

사나운 쾌락에 물든 향기를 가져올 거라 말하다니,

무녀들 소굴에서 벌어지는 사악함에 어울리는,

교활한 세기에 태어난 여인이로구나.

여자는 따스한 여름 하늘 아래에서

자연스레 베일을 벗곤 하는데, 예언하라

별처럼 벌벌 떨며 부끄러워하는 나를 저 하늘이 본다면

나는 죽을 것이라고!

나는 사랑한다 처녀로 사는 끔찍함을, 바라건대
내 머리칼이 주는 공포 속에서 나는 살리라
밤이면 침대로 물러나, 아무도 범하지 않는
파충류, 그 쓸모없는 육체에서
네 창백한 빛의 차가운 섬광을 느끼리라,
죽어가는 너, 정결함으로 타오르는 너,
얼음과 잔인한 눈의 하얀 밤이여!

그리고 네 고독한 자매, 오 나의 영원한 자매여,
내 꿈은 너를 향해 올라가리라, 아니 벌써 솟아오르고 있어,
그런 꿈을 꾸는 마음이 드물고 맑으니
나는 이 단조로운 나라에 혼자라고 느끼네,
내 주위의 모든 것이 떠받들며 사는구나
다이아몬드의 맑은 시선을 한 에로디아드가
잠든 정적 속에 비치는 거울 하나를……
오 마지막 매혹이여, 그래! 나도 안다, 내가 고독하다는
것을.

유모

마님, 그러면 죽으려는 건가요?

에로디아드

                아니다, 가련한 할멈,
그만 입 다물고 물러가라, 이 모진 마음을 용서하고,
괜찮다면 그 전에 덧문을 닫아라, 천사 같은
푸른 하늘이 저 아득한 유리창에서 웃고 있구나
나는 싫다, 저 아름다운 하늘이!

                물결이
살며시 흔들리고, 그곳을 너는 모르느냐
불길한 하늘의 시선들이 저녁이면 나뭇잎 사이 불타오르는
비너스의 미움을 받는 나라를
나는 그리로 떠나리라.

    불을 다시 켜라, 어린애 같다고
말하는구나, 가볍게 타오르는 밀랍이
덧없는 황금에 둘러싸여 낯선 눈물 흘리고 있는
저 촛대에……

유모

    지금요?

에로디아드

안녕히.

　　　　　그대는 거짓말을 하는군, 아 내 입술의
벌거벗은 꽃!

　　　나는 미지의 그 무엇을 기다리고 있네
어쩌면, 신비도 그대의 외침도 모른 채
차가운 보석들이 꿈속에서 마침내
산산이 흩어지는 것을 느끼며 울던 어린 시절처럼
그대는 상처 입은 마지막 오열을 터뜨리는가.

성 요한의 송가
CANTIQUE DE SAINT JEAN ————

불가사의한 정지 상태로
고양되었던 태양은
곧 다시 하강한다
   이글이글 타오르면서

나는 느낀다 척추가
일제히 떨리며
어둠이 날개를
   펴는 것을

승리의 비상을 하는
낫의 칼날에
솟아오른 내 머리는 고독한
   파수꾼

거침없는 단절로
육체와 겪어온 오랜 불화를
오히려 억누른다
    혹은 잘라낸다

단식에 도취하여 머리는
격렬히 튀어 오르는
그의 순결한 시선을 따라
    꿋꿋이

저 높은 곳을 향하려 하나
영원한 추위가
그대들의 접근을 용납하지 않네
    오 모든 빙하여

나를 선택한 것과 같은
원리의 계시를 받은 내 머리는
침례를 받고
    인사하며 숙여진다.

목신의 오후

L'APRÈS-MIDI D'UN FAUNE

전원시

ÉGLOGUE

목신
LE FAUNE ———————

이 님프들, 그네들을 영원히 전하고 싶구나.

　　　　　　　　이토록 또렷하게,
그네들의 여리고 발그레한 살빛이, 무성한 잠에 졸고 있는
공기 중에 나붓거린다.

　　　　　내가 꿈을 사랑했던가?

오래된 밤처럼 두텁게 쌓인 내 의심은
무수한 실가지에서 끝난다, 현실의 숲에 있는
이 실가지가 증명해주는구나, 내가 장미꽃밭에서
몹쓸 짓을 하고 승리감에 취한 것은 상상이었다고……

찬찬히 생각해보자……
                              네가 떠벌리는 여자들이
너의 엄청난 성욕이 바라는 모습을 띠고 있는 건 아닌지!
목신이여, 환각은 가장 정숙한 여자의 푸르고 차디찬 두
눈에서
눈물 머금은 샘처럼 솟아나고,
반면에, 깊이 한숨 짓는 다른 여자는
네 가슴털 스치는 따뜻한 미풍처럼 대조적이라 말하는 건
가?
천만에! 꼼짝도 못하고 지쳐 실신한
신선한 아침은 더위에 숨 막혀 버둥대면서도
내 피리의 화음이 숲을 축여주는
그 물소리로만 속삭이니, 메마른
빗속으로 소리가 흩어지기 전에
두 개의 파이프에서 재빨리 빠져나오려는 유일한 바람은

주름살 하나 움직이지 않는 지평선에서
하늘로 되돌아가는 영감의
가시적이고 고요한 인위적인 숨결이구나.

오 고요한 늪의 시칠리아 기슭,
태양을 질투하는 내 허영심이 너를 약탈하니
화염의 불꽃에 덮인 말 없는 기슭이여, **말해보아라**
"내 여기서 재능으로 길들인 속이 빈 갈대를
꺾고 있었다고, 그때 포도넝쿨을 샘가에 바치는
저 먼 초원의 청록빛 황금 위로
쉬고 있는 짐승들 흰빛이 물결치고,
피리 소리 흘러나오는 느린 전주곡에
백조 떼가 날아, 아니 물의 요정들 무리 지어 도망친다고
또는 물에 잠긴다고……"
　　　　　　생기 없이, 누런 시간 속에 모든 것이 불타고
'라' 음을 찾는 이가 그토록 바라던 결혼은 무슨 수로
흔적도 없이 사라졌을까.
그러니 첫 열정이 일 때 나는 잠에서 깨어,
오래된 빛의 물결 아래 홀로 일어나,
백합이여! 이 순진함으로 그대들 중 한 송이가 될까.

믿음 없는 이들을 나직이 안심시키는 입맞춤,
그들의 입술이 누설한 이 달콤한 허무와 달리
증거가 남지 않은 순결한 내 가슴은 증언하네,
어느 고귀한 이빨에 물린 신비로운 상처를.
그러나, 아서라! 이 같은 비밀은 그 속을 터놓을 상대로
울림통 넓은 저 한 쌍의 갈대를 골랐으니 푸른 하늘 아래
그 피리 소리는 뺨의 경련을 저 자신에게 돌려
독주의 긴 가락을 타고 꿈을 꾸네, 우리의
순박한 노래가, 주위의 아름다움과 짐짓 뒤섞이면서
그 아름다움을 즐겁게 해주는 꿈을,
또, 감은 내 두 눈이 더듬어간 등
혹은 순결한 허리에 대한 흔한 몽상에서
사랑이 변주되는 만큼 높이
낭랑하고 공허하고 단조로운 한 가닥 선을 사라지게 하는
꿈을.

도피의 악기, 오 얄궂은 피리
시링크스*여, 그러니 호숫가에 다시 꽃피어 나를 기다려
라!
나를 둘러싼 소문에 우쭐하며, 오래오래 나는

여신들 이야기를 떠벌리리라, 숭배의 그림을 그리고
그네들의 그림자에서 다시 한번 허리띠를 벗기리라.
그렇게, 포도송이에서 빛을 빨아먹으며
회한을 떨쳐버린 체하며 몰아내려고
웃으며 나는 빈 포도 껍질을 여름 하늘에 들어 올리네
그 투명한 껍질에 숨결 불어넣으며, 취하고 싶은
이 마음은 저녁이 다 되도록 비쳐보누나.

오 님프들이여, 온갖 **추억**들도 다시 부풀려 펼쳐보자.
"나의 시선은 골풀들을 뚫고 불멸의 목덜미들을 하나하나
뜨겁게 찔렀으니, 그네들은 숲의 하늘에 고통의 비명을 울
리며
타오르는 상처를 물결 속에 잠그고.
멱 감은 눈부신 머리채는 빛나고 떨리는 모습으로
사라지네, 오 보석들아!
나는 달려간다, 내 발치에 (둘이라는
고통으로 맛본 우울함에 상심한) 여인들이

---

* 그리스 신화에서 목신 판에게 쫓기다 갈대로 변신한 님프. 시링크스를 놓치고
아쉬워하던 판이 그 갈대로 만든 피리의 이름이기도 하다.

부주의하게 팔만 뻗어 서로 끌어안고 잠들어 있을 때,
나는 그네들을 한꺼번에 채어
햇볕에 모든 향기 말라버리고 경박한 그늘도 들지 않는
장미 덤불 숲으로 날아드니,
거기서 우리 사랑놀음은 불타는 한낮과도 같네."
처녀들의 이 분노를, 나 찬미하네
내 불타는 입술을 피해 미끄러지듯 달아나는
벌거벗은 성스런 짐, 오 그 사나운 환락이여!
내 입술이 육체의 은밀한 두려움을 들이마시니, 번개처럼
세차게 전율하는구나!
무정한 여자의 발끝에서 수줍은 여자의 가슴까지
순결이 동시에 단념하여
미친 눈물에, 혹은 그보다는 덜 슬픈 입김에 젖는구나.
"믿지 못할 그 두려움을 깨뜨리는 것이 흥겨워
신들이 그토록 잘 맺어놓은
포옹으로 뒤엉킨 한 쌍을 갈라놓은 것이 나의 죄라네.
한쪽 여자의 행복한 굴곡 아래
내 불타는 웃음을 감추려 하자마자 (순진하여
얼굴도 붉히지 않는 동생을 그 깃털 같은 천진함이
불붙는 언니의 흥분에 물들도록 손가락 하나로 붙잡은 채)

이 배은망덕한 포로는
아직 취해 흐느끼는 나를 가차 없이 두고
어렴풋한 죽음으로 힘이 풀린 내 팔에서 영영 벗어나버렸
으니."

할 수 없지! 다른 여자들이 내 이마의 뿔에
머리채를 감고 나를 행복으로 이끌어주리라.
나의 정념이여, 너는 알지, 벌써 자줏빛으로 익은
석류가 알알이 터지고 꿀벌들 잉잉대는 것을,
우리의 피는 저를 붙잡는 것에 취하여
욕망의 영원한 벌떼를 향해 흐른다.
황금빛과 잿빛으로 이 숲이 물드는 시간
불 꺼진 나뭇잎들에서 축제가 달아오른다.
에트나 화산이여! 비너스가 너를 찾아와
너의 용암 위로 소박한 발꿈치를 디딜 때
슬픈 잠이 벼락을 치거나 불꽃이 사그라든다.
나는 여왕을 끌어안네!

          오 징벌을 피할 수 없으리……

아니, 그러나 말이

비워진 영혼과 무거워진 이 육체는
정오의 오만한 침묵에 결국 무릎 꿇는다.
이제 불경한 생각은 잊고,
목마른 모래밭에 누워 잠들어야 하네 포도주의
 효능을 가진 별 쪽으로 입을 벌리는 건 얼마나 좋은 일이
냐!

 한 쌍의 님프들아 안녕, 나 이제 그림자가 된 너를 보리라.

성녀
SAINTE ────────

플루트나 만돌린과 함께 옛날에
빛나던 그녀의 비올라의
도금이 벗겨지는 오래된 백단목을
감추고 있는 창가에,

저녁 예배와 기도에 맞추어 옛날에
흐르던 **성모 찬가**에서
펼쳐지는 낡은 책을
펴든 창백한 **성녀**가 있으니,

섬세한 손가락뼈를 위해
천사의 저녁 비상飛上이 만든
하프를 가볍게 퉁기는
성광聖光처럼 빛나는 그 창유리에

오래된 백단목도 오래된 책도 없이
악기의 날개 위로
손가락을 놀리는
침묵의 연주가라네.

추모의 건배
TOAST FUNÈBRE ──────

테오필 고티에*를 위하여

오 그대, 우리들 행복의 숙명을 말해주는 표상이여!

광기의 인사이며 빛을 잃은 헌주獻酒이네만,
금빛 괴물이 괴로워하는 내 빈 술잔을
복도의 마술 같은 희망에 바치는 거라 여기진 말게!
그대가 나타난대도 내 마음 흡족하진 않을 걸세
반암盤巖의 자리에 내 직접 그대를 묻었으니.
의식儀式은 무덤의 육중한 철문에
손으로 횃불을 비벼 끄는 것.
시인의 부재를 노래하는 너무나 단순한
우리 축제를 위해 선택된 이 아름다운 기념물이

────────────

* Jules Pierre Théophile Gautier(1811~1872). 말라르메가 스승으로 여겼던 프
  랑스 고답주의 시인.

그대를 고스란히 담고 있음을 어찌 모르겠는가,
천직의 뜨거운 영광이
누구도 피할 수 없는 비루한 재의 시간이 될 때까지,
저녁이 자랑스럽게 석양빛으로 물들이는 창유리로
순수한 필멸의 태양의 불을 향해 되돌아오는 것이 아니
라면.

장엄하고, 완전하며 고독하게, 마지막 숨을
그렇게 내쉴 것이 두려워 인간의 거짓 긍지는 떨고 있다네.
저 얼빠진 군중이 말하지, 우리는
미래의 망령들의 슬픈 어둠이라고.
그러나 덧없는 담벼락에 애도의 문장紋章들 흩어져 있어도
나는 눈물의 냉정한 공포를 무시하였으니,
내 신성한 시에도 귀를 닫고 놀라지 않는,
저 행인들 중 거만하고 눈멀고 벙어리인 한 사람,
희끄무레한 그의 수의의 손님은
죽음 뒤 영원을 기다리는 순결한 영웅으로 변해갔네.
그가 하지 않은 말들의 성마른 바람이
자욱한 안개 속으로 실어 온 거대한 심연인
무無가 오래전 폐기된 그 **인간**에게

"지평선의 기억들이여, 오 그대여, **대지**가 무엇이냐?"라며
이 꿈을 울부짖으니, 공간은 그 외침을 놀리듯
맑은 음색이 변질된 목소리로 답하네, "나도 모르지!"

스승은 깊은 눈으로 걸어가며
에덴의 불안한 경이를 진정시켰으니,
그 마지막 떨림은 그의 목소리만으로도
장미와 **백합**을 위해 한 이름의 신비를 불러낸다.
이 운명에 남은 것은 아무것도 없단 말인가?
오 그대들 모두! 어두운 믿음은 잊어버리시라.
찬란하고 영원한 재능은 그림자를 드리우지 않으니.
그대들의 욕망이 염려되어 나는 보고 싶네,
이 별의 정원들이 우리에게 내준
이상理想의 숙제 속에 어제, 그가 스러진 뒤에도
이 평온한 재난을 기리기 위해
도취한 자줏빛, 크고 환한 꽃송이, 공기 속
말들의 장엄한 진동이 살아남는 모습을.
그의 투명한 시선은 빗방울과 금강석,
한 송이도 시들지 않은 이 꽃들 위에 남아
시간과 한낮의 햇살에서 저 꽃을 따로 떼어두네!

이곳은 이미 우리의 진정한 숲들의 모든 거처,
순수한 시인은 겸허하고 너그러운 몸짓으로
제 소임의 적인 꿈에게 이 거처를 금지하네.
저 오래된 죽음이란 것이 고티에에게도 예외 없이
신성한 두 눈을 뜨지 못하고 침묵하는 것일 때,
그가 당당히 휴식을 취하는 아침에
해로운 모든 것과 인색한 침묵과 두터운 어둠이
드러누워 있는 이 견고한 무덤이
오솔길에 딸린 장식으로 솟아나도록 하기 위해서.

산문
PROSE ————

데 제생트[*]를 위하여

과장이여! 내 기억으로부터
당당하게 일어설 줄
모르느냐, 오늘 너는 철갑에 싸인
책 속의 뜻 모를 글이로구나.

나는 학문을 닦음으로써
지도책과 식물도감과 전례서인
내 인내의 작품 속에
영적인 마음의 찬가를 정착시키기 때문이다.

오 누이여, 우리는 거닐었다
(우리는 둘이었지, 지금도 그리 생각한다)

---

* 조리 카를 위스망스의 소설 《거꾸로 *A rebours*》의 주인공의 이름.

풍경의 수많은 매혹들을 바라보고
너의 매혹들을 거기에 견주어보면서.

권위의 시대는 동요한다.
우리의 두 겹의 무분별함으로
깊어지는 이 정오에 대해서
아무 이유 없이 사람들이

아이리스가 만발한 땅, 그 정오의 터가
있었는지 알지도 못하면서
여름날 황금빛 트럼펫이 부르는
이름을 지니지 않았다고 말할 때.

그렇다, 환영들이 아니라 시선으로
가득한 어느 섬에
우리가 여러 말 하지 않아도
온갖 꽃들이 더욱 넓게 펼쳐지고 있었다.

그렇게 거대한 꽃송이들은
그 하나하나를 정원과 분리하는

또렷한 윤곽으로, 빈틈으로
평범하게 장식되었다.

이 새로운 의무를 향해 솟아오르는
아이리스의 가족들을 보려고
오래 열망해온 영광, **이데아**들이
내 안에서 모두 열광하였지만,

현명하고 다정한 이 누이는
미소보다 더 멀리 시선을 두지는
않았으니, 그녀를 이해하려는 듯
나는 오래 정성 들여온 내 일에 전념한다.

오 논쟁의 **정신**은 명심하라
우리가 침묵하는 이 시간에,
온갖 백합들의 꽃대는
우리의 이성을 훨씬 뛰어넘어 크게 자라나고 있었음을,

내 발걸음마다 끝없이 확인되는
온 하늘과 지도의 이야기를 들으며

내가 새로이 경탄하는 가운데
엄청난 것이 다가오기를 바라

그의 단조로운 유희가 거짓말을 할 때,
갈라지는 바로 그 물결 때문에
기슭이 울고 있다 해도,
그 나라가 존재하지 않은 것은 아님을.

아이는 저의 황홀을 단념하고
길들에 벌써 조예가 깊은
그녀는 이 말을 한다, **아나스타스**[*]!
영원한 양피지를 위해 탄생한 이 말을,

어느 고장에서건, 그의 조상인
어떤 무덤이, **퓔케리**[**]!
너무 큰 글라디올러스에 가린
이 이름을 가졌다고 웃기 전에.

---

[*] Anastase. 그리스어에서 유래한 말로 '소생'을 의미한다.
[**] Pulchérie. 그리스어에서 유래한 말로 '아름다움'을 의미한다.

부채
ÉVENTAIL ————————

말라르메 부인의 부채

마치 언어인 것처럼
하늘을 향한 펄럭임뿐인데도
미래의 시가 매우 정교한
집에서 퍼져나오는구나

나직이 날갯짓하는 전령,
이 부채, 이것이
당신 뒤에서 어느 거울을
말갛게 빛나게 한

바로 그것이라면 (거기에서 보이지 않는
재만 알알이 살짝 흩어졌다
다시 내려앉아
나를 슬픔에 젖게 하겠지),

언제나 그렇게 나타나야 하리
게으름 없이 그대의 두 손 안에.

다른 부채
AUTRE ÉVENTAIL ───────

말라르메 양의 부채

오 꿈꾸는 아가씨, 길 없는
저 순수한 환희에 내가 잠길 수 있게,
미묘한 거짓말로,
너의 손에 내 날개를 붙잡아두어라.

날개가 펄럭일 때마다
황혼의 서늘함이 너에게 오니
그 붙잡힌 날갯짓이
지평선을 살며시 밀어낸다.

어지러워라! 여기 공간이 떨고 있다
누구를 위해서가 아니라 태어나기만을 간절히 바라는,
솟구치지도 진정되지도 못하는
격렬한 입맞춤처럼.

너도 느끼느냐 길들지 않은 낙원이
묻혀 감춰진 웃음처럼
네 입가에 한결같이 접힌
주름 안쪽으로 흐르는 것을!

황금빛 저녁 위에 고이는
장밋빛 기슭의 왕홀, 바로 그것이다,
팔찌의 섬광에
네가 내려놓은 이 접힌 하얀 비상은.

앨범 한 장
FEUILLET D'ALBUM ─────

느닷없이 장난스레
각양각색의 내 피리에서 숲이
살짝 나타나는 것을
듣고 싶다던 아가씨

어느 풍경을 앞에 두고
시도해본 이 연습은
그대 얼굴을 바라보기 위해
멈추었을 때 좋은 것 같구나.

아무렴 내 뻣뻣한 손가락 몇 개를 따라
참을 수 없는 지경까지
빈 숨결을 뽑아내보지만
흉내 낼 재간이 없구나

피리 가락을 매료시키는

천진하고 맑은 너의 그 앳된 웃음을.

여인이여, 지나친 격정 없이도

DAME, SANS TROP D'ARDEUR
À LA FOIS ENFLAMMANT ──────

여인이여,

지나친 격정 없이도

잔인한 혹은 찢어진 장미를 타오르게 하고,
하얀 옷조차 지겨워, 자신의 살 안쪽에서 울고 있는
다이아몬드 소리를 들으려 그 진홍빛 끈을 푸는군요,

그래요, 이슬도 없이 또 부드럽게 불어오는
산들바람도 없이, 그것으로 비바람 치는 하늘 맑게 걷힌다
해도,
어느 소박한 날 감정에 무척 진실한 그날을 위해
내가 알지 못할 공간을 가져오는 것을 질투하는군요.

이를테면, 그대 이마에 은총이 저절로
해마다 다시 태어나니 그 모습대로

충분하다고 생각지 않으시나요 나는

방 안에서 시원하게 퍼지는 부채와 같이
이렇게 작은 흥분으로 단조로운 우리의 자연스런 우정이
되살아나는 것이 놀랍기 그지없답니다.

오 멀리서 가까이서 순백의, 그토록

O SI CHÈRE DE LOIN & PROCHE &
BLANCHE, SI ——————

오 멀리서 가까이서 순백의, 그토록
감미롭게, 그대, 친애하는 메리, 나는
짙어진 어느 크리스털 꽃병에서
속임수로 퍼져 나오는 진기한 향을 꿈꿉니다.

그래요! 그대는 아는지, 지난 세월 동안, 또
앞으로도 영원히 그대의 눈부신 미소가
과거로 그리고 미래로도 뛰어드는 이 장미를
그 아름다운 여름날과 함께 지속시켜준다는 것을.

때때로 밤에 그대 목소리를 들으려는
혹은 어떤 말로든 그대를 가장 감미롭게 부르려는 내 마
음은
오직 누이의 속삭임에만 고양되니,

너무도 고귀한 보물 작고 사랑스런 사람이여, 오직
그대의 머리칼에만 허락된 키스로 부드럽게
그대는 내게 또 다른 다정함을 가르쳐준 것 아니었나요.

벨기에의 친구들을 회상함[*]

REMÉMORATION D'AMIS BELGES ─────

어떤 시간에 이 같은 바람에도 흔들림 없이
은밀하면서도 눈에 보이게 한 겹 한 겹
과부 돌^{**}이 옷 벗는다고 내가 느끼듯,
향불 연기와 같은 고색창연함은

떠돌아다니거나 오래된 방향제처럼 시간만 뿌려댈 뿐,
아득한 시절 우리들 몇몇 그토록 흐뭇했던,
새로 시작된 갑작스러운 우리 우정에 대한
어떤 증거도 제힘으로 내보이지 못하는 듯하네.

수많은 백조의 흩어진 산책이

───────

★ 말라르메가 1890년 벨기에 순회 강연을 하며 브뤼헤의 아름다움과 벨기에 시
   인들에게 감명받은 경험을 담아 쓴 시.

★★ la pierre veuve. 말라르메의 친구이자 브뤼헤의 시인 조르주 로덴바흐의 소설
   《브뤼헤―죽은 여인*Bruges-la-morte*》(1892)의 이미지가 투영된 표현으로 보인다.

죽은 운하에 새벽을 퍼뜨리는 결코 예사롭지 않은
이 도시 브뤼헤에서 만났던 오 소중한 벗들이여

그때 장엄하게도 이 도시는 내게 가르쳐주었지
또 다른 비상이 그 아들들 중 누구를 지목하여
날렵하게 정신의 날개를 펼쳐 빛을 비출지를.

거리의 노래*
CHANSONS BAS ─────────

I

구두 수선공

송진이 없으면 할 일이 없구나,
백합은 하얗게 태어나지, 향기라는
그 단순한 이유만으로도 나는 백합이 더 좋아
성실한 이 수선공보다.

지금까지 내가 가졌던 것보다 더 많은 가죽을
그는 내 구두에 덧대려 하니

---

* 〈거리의 노래〉는 1889년 출간된 《파리의 군상들 *Types de Paris*》에 수록되었던 작
  품이다. 라파엘리의 그림과 함께 알퐁스 도데, 에밀 졸라, 마르셀 프루스트 등
  당대의 문인 21명의 작품을 수록한 이 책에 말라르메의 시는 7편이 실렸다.
  말라르메 사후 출간된 1899년 드망판 《시집》에는 〈거리의 노래〉라는 제목으
  로 '구두 수선공'과 '향기로운 허브를 파는 아가씨' 2편만 실렸다. 이 책의 편
  집자인 마티스는 《파리의 군상들》에 빠졌던 '유리 장수'를 포함한 8편을 〈거리
  의 노래〉라는 이름으로 묶어 담았다.

발 벗은 뒤꿈치를 바라는 욕망을
좌절시켜버리네.

헛손질 없는 그의 망치는
항상 다른 곳으로 나를 이끄는
갈망을 비웃는 못으로
신발 밑창에 단단히 박아버린다.

오 발들아! 너희들이 원한다면
그는 구두를 다시 만들기도 하리라.

II

너의 푸른 라벤더 다발을,
그 속눈썹 치켜올리며
위선자에게 팔 듯
나한테 팔 생각은 말아라, 비록 그가

가장 편리한 장소의 벽을
이 다발로 장식하여
놀려대는 배腹가
푸른 감정으로 다시 태어난다고 해도.

그보다는 여기 이 성가신
머리칼에 꽂는 게 좋겠구나
몸에 좋은 그 향기가 서리도록,
제피린아, 파멜라야

혹은 네 머릿니의 만물들이
신랑에게 몰려가도록.

III

도로를 고치는 인부

이 자갈들을, 당신은 평평하게 고르지
음유시인이라서,
뇌 속의 정육면체를 매일 열어야 하는
나와 같은 일.

IV

마늘과 양파를 파는 상인

방문하는 지겨움을
이 마늘로 우리가 떨쳐드려요,
내가 양파를 자르면
눈물 나는 슬픈 노래도 잠시 멈칫하지요.

V

일꾼의 아내

아내, 아이, 수프는
석수장이에게 가는 길에
그가 결혼의 관습에서 벗어난 것을
축하하지요.

VI

유리 장수

너무도 눈부신 광채를 뿜어내어
그중에서 구별되지 않는 순수한 태양이
유리 장수의 등 위에서
저의 셔츠를 벗는구나.

VII

신문 파는 아이

언제나, 헤드라인이 무엇이든,
눈 녹는 계절에도 감기 한 번 걸리지 않고
이 명랑한 꼬마는 소리 높여
방금 나온 소식을 외친다.

VIII

옷 파는 여자

속을 들여다보는
그대의 날카로운 눈길이
내 누추한 옷을 나와 분리하니
어느 신처럼 나 벌거벗으리.

휘슬러*에게 보내는 쪽지
BILLET À WHISTLER ─────

모자들의 검은 비행을 따라
거리낌 없이 거리를 휩쓰는
돌풍이 아니라
어느 무희의 출현이라네,

우리를 살게 한 바로 그녀가
무릎으로 일으키는
거품처럼 산산이 흩어지는 모슬린 혹은
격정의 회오리가,

재치 있고, 황홀하고, 고요하게

───────

* James Abbott McNeill Whistler(1834~1903). 유럽에서 활약한 미국의 화가로
  말라르메의 '화요회' 일원이었다.

저 튀튀*로 저를 제외한
모든 진부한 것에 벼락을 치는데,
달리 근심할 거리는 없네,

저 스커트에서 퍼지는 웃음의 바람이
휘슬러를 부채질해줄 수 있다면.

---

* 발레를 할 때 입는, 주름이 많이 잡힌 스커트.

롱델*
RONDELS ————

I

깨어날 때, 당신은 절대
뾰로통한 얼굴을 예상할 순 없었을 거예요
웃음이 베개 위에서
당신의 날개를 흔든다면 더 최악이겠죠,

아무 생각 말고 주무세요
어느 숨결이 고백을 할까 두려워 말고
깨어날 때, 당신은 절대
뾰로통한 얼굴을 예상할 순 없었을 거예요

경탄할 그 모든 꿈도
이 아름다움 앞에선 좌절하여

---

* 16세기에 유행한 프랑스의 정형시 론도Rondeau의 옛 형식을 이른다.

빰 위에 한 송이 꽃도 피우지 못하죠,
값을 치르지 못한 다이아몬드들이,
깨어날 때 당신의 눈에 있을 리 없죠.

II

그대가 원하면 우리 사랑을 나누리
말없이 그대의 입술로
이 장미는, 더 나쁜 침묵으로
훼방만 놓을 뿐.

미소의 반짝임을
곧바로 일으키는 노래는 절대 없다네
그대가 원하면 우리 사랑을 나누리
말없이 그대 입술로.

조용, 조용히 동그라미들 사이에,
제국의 자줏빛 속 공기의 요정
날개 끄트머리에서
타오르는 입맞춤이 찢어지네
그대 원하면 우리 사랑을 나누리.

소곡 I
PETIT AIR I ————

백조도 없고 강둑도 없는
어느 고적한 물가가
석양의 황금빛에
여러 하늘 얼룩진

닿을 수 없이 높은
허영으로부터 이곳으로
물러난 내 시선에
그 쓸모없음을 비춘다,

그러나 벗어던진 하얀 속옷인 듯
덧없는 어떤 새가
나른하게 따라 내려간다 만일,
기쁨에 넘쳐 그 곁으로,

그대의 벌거벗은 환희가
너로 변하는 물결 속으로 뛰어든다면.

소곡 II
PETIT AIR II ───────

억누르지 못하고
내 희망이 거기 뛰어들 듯
저 높은 곳에서 산산이
격정과 침묵 속에 사라져야 했던가,

숲에 낯선 혹은
메아리 하나 뒤따르지 않는 목소리,
이 생에서 앞으로도 결코 들을 일 없을
새소리 울린다.

초췌한 악사,
그는 의심 속에 숨을 거둔다
그의 가슴이 아닌 내 가슴에서
가장 나쁜 흐느낌이 솟아 나왔던 것은 아닌가.

찢긴 채로 그는

어느 오솔길에 온전히 머물 것인가!

소곡

PETIT AIR (Guerrier) ——————

(병사의 노래)

그것을 빼면 나는 괜찮네
난롯가에서, 군복 바지에 감싸인
붉게 물든 내 다리를 의식하고도
침묵하는 것

순결한 분노에 차
병사의 흰 장갑을 낀 손에
매끈하거나 나무껍질이 붙어 있는
막대기를 고작 들고서

나는 공격의 기회를 엿보네
튜턴족*을 쳐부수기 위해서가 아니라
연민에 사로잡힌

이 쐐기풀을 짧게 베어내라는

결국 나에게 요구되는
또 다른 위협으로.

★ 유럽 북쪽에 살던 옛 게르만족을 가리키는 말로, 독일인에 대한 경멸의 어조가
담겨 있다.

소네트 몇 편

PLUSIEURS SONNETS

어둠이 숙명의 법칙으로 위협할 때

QUAND L'OMBRE MENAÇA
DE LA FATALE LOI ————

어둠이 숙명의 법칙으로 위협할 때
내 척추의 욕망이며 고통인, 그 오랜 **꿈**은
음울한 천장 아래 소멸할 것이 비통하여
의심의 여지 없는 그의 날개를 내 안에 접었다.

화려함이여, 오 흑단의 방, 한 왕을 유혹하려고 거기서
이름 높은 꽃장식들이 스러져가며 몸을 뒤틀지만,
제 신념에 눈이 먼 고독한 자의 눈에
그대는 어둠이 기만한 오만에 불과할 뿐.

그렇다, 나는 안다. 이 밤의 저 먼 곳에서, **지구**가
저를 더 어둡게 하지는 않는 흉측한 영겁의 아래에서
크나큰 어떤 광채의 기이한 신비를 뿜어내고 있는 것을.

팽창되건 부정되건 있는 그대로의 공간은
이 권태 속에서 비천한 불들을 운행하여 증언하게 한다
천재가 축제의 별로 타오르고 있다고.

순결하고, 강인하며 아름다운 오늘은

LE VIERGE, LE VIVACE &
LE BEL AUJOURD'HUI

순결하고, 강인하며 아름다운 오늘은
취한 날갯짓 한 번으로 깨뜨릴 것인가
달아나지 못한 비상의 투명한 빙하가
서리 아래 사로잡고 있는 이 단단한 망각의 호수를!

지난날의 백조는 회상한다 화려하였으나
메마른 겨울의 권태가 빛났던 때
살아야 할 곳을 노래하지 않은 탓에
희망 없이 놓여나게 된 제 모습을.

공간을 부인하는 새에게 공간이 내린
이 새하얀 단말마는 목을 세차게 내저어 털어버리겠지만,
날개가 붙잡혀 있는 이 땅의 공포는 어쩌지 못하리.

저의 순수한 빛이 이 자리에 소환해놓은 유령,
그는 헛된 유배의 삶에서 **백조**가 걸치고 있는
모멸의 차가운 꿈에 자신을 붙박는다.

아름다운 자살은 의기양양하게 달아났구나

VICTORIEUSEMENT FUI LE SUICIDE BEAU ———

아름다운 자살은 의기양양하게 달아났구나
영광의 장작불이여, 부글거리는 피여, 황금이여, 폭풍이
여!
오 얼마나 우스운가 저기 자줏빛이
나 없이 내 무덤만을 성대히 펼치려 준비한다면.

뭐라고! 저 모든 광채의 빛 한 자락조차
이 한밤, 우리를 맞이하는 어둠에 머무르지 않는구나
오직 머리의 오만한 보물 하나만 남아
애무받는 나른함을 횃불도 없이 뿌리고 있을 뿐,

그대 머리 한결같이 그토록 감미롭네! 그래
오직 그것만이 사라진 하늘에서
순진한 승리를 조금 거두고 그 빛으로 그대를

덮는구나 베개 위에 그대가
어린 황녀의 투구 같은 머리를 기댈 때
장미꽃송이들 떨어져 그대 모습 그려내리.

제 순결한 손톱들이
그들의 오닉스*를 높이 들어 바치는

SES PURS ONGLES
TRÈS HAUT DÉDIANT LEUR ONYX ────

제 순결한 손톱들이 그들의 오닉스를 높이 들어 바치는

이 한밤, 횃불 든 **고뇌**는 받들고 있네,

어느 유골함도 거두어주지 않는

피닉스**에 의해 불타버린 수많은 저녁의 꿈을

텅 빈 객실의 장식장 위에는, 공허하게 울리는

폐기된 골동품, 프틱스*** 하나 없다

(무無가 자랑하는 이 물건 하나만 지니고

---

* onyx. 여러 빛깔의 줄무늬가 있는 광물. 보석이나 장식품, 조각의 재료로 쓴다.

** Phénix. 이집트 신화에 등장하는 불사조.

*** ptyx. 빅토르 위고와 말라르메의 시에서 한 번씩 사용된 것 외에는 용례가 없
는 단어이다. '주름'을 뜻하는 그리스어 ptux에서 온 것으로 알려져 있다.

주인이 스틱스[*] 강으로 눈물을 길으러 갔기에).

그러나 빈 북쪽 십자창 가까이, 한 줄기 금빛이
아마도 닉스^{**}에게 불꽃을 내지르는
일각수들의 장식을 따라 스러져가고,

그녀도, 거울 속에 벌거벗은 채 죽었건만, 이윽고
틀로 닫힌 망각 속에, 고정된다
반짝임들의 칠중주가.

---

* Styx. 그리스 신화에서 저승의 신 하데스가 지배하는 죽음의 세계와 현세를
  가르는 저승의 강.
** Nixe. 물의 요정. 이로써 말라르메는 프랑스어에서 [iks] 운을 갖는 모든 단
  어―오닉스, 피닉스, 프틱스, 스틱스, 닉스―를 이 시에 사용하여 신비로운
  각운을 맞추고 있다.

이 머리칼은, 극단에 이른 불꽃의 비상

La chevelure, vol d'une flamme,
à l'extrême ————

이 머리칼은, 극단에 이른 불꽃의 비상
그것을 활짝 펼치려는 욕망의 서쪽이
관을 쓴 이마, 저의 옛 화롯가를 향해
(왕관이 사그라들듯) 내려앉는데,

그러나 황금 없이도 이 생기 넘치는 구름만 불어넣어도,
안에서 끊임없이 불이 일어나지,
본디 하나뿐인 그것은 계속 타오르네
진실된 혹은 웃음 짓는 눈의 보석 안에서.

다정한 주인공의 나신은 더럽히네
손가락에 별도 불꽃도 휘두르지 않고,
영광스럽게 여인을 단순화하는 것만으로
눈부신 머리로 공훈을 세워

즐거운 수호의 횃불처럼

자신이 초래한 의심의 씨앗을 루비처럼 뿌리는 그녀를.

에드거 포의 무덤

LE TOMBEAU
D'EDGAR POE ———

마침내 영원이 그를 **그 자신**으로 바꿔놓은 그런
시인은 검을 뽑아들고 불러낸다
이 낯선 음성 속에서 죽음이 크게 승리했음을
모른 채 겁에 질린 그의 시대를!

그들은, 히드라의 비열한 몸부림처럼 오래전 천사가
종족의 말에 더욱 순수한 의미를 부여하는 것을 듣다가,
이 마법이 어느 검은 용액의 영광 없는 물결에
취한 것이라고 소리 높여 주장했다.

적대하는 땅과 구름의, 오 원성이여!
우리의 사상이 그것으로 포의 무덤을
눈부시게 장식할 얕은 부조를 새길 수 없기에

알 수 없는 어느 재난으로 여기 떨어진 침묵의 돌덩이,
이 화강암만은 영원토록 저의 경계를 보여주기를
미래에 흩어진 저 **신성모독**의 검은 비행들에게.

샤를 보들레르의 무덤

LE TOMBEAU
DE CHARLES BAUDELAIRE ─────

매몰된 신전이 진흙과 루비가 부글거리는
하수구의 무덤 같은 입으로
사나운 울부짖음처럼 얼굴 온통 그슬린
어떤 아누비스* 우상을 역겹게 쏟아내고,

혹은 갓 켜진 가스등이 저 수상한 머리타래를
알다시피, 치욕들을 문질러 닦아내는 저 머리타래를 비틀
어,
불멸의 사타구니에 격렬하게 불을 밝힐 때
그 비상은 가로등을 따라 잠자리를 바꾼다.

---

   * 이집트 신화의 사후세계의 신. 죽은 사람을 저승으로 인도하며, 그 심장을 저
     울로 달아 생전에 진실한 정도를 헤아린다고 한다.

저녁 없는 도시에서 어느 봉헌의
마른 잎들이 축복할 수 있을까 보들레르의 대리석에
헛되이 기대앉은 그녀처럼

부재한 저를 감싼 베일 아래 떨고 있는
그녀 바로 그의 **그림자**를 우리를 죽음으로 이끈다 해도
항상 들이마셔야 하는 수호의 독을.

무덤
TOMBEAU ————

1주기—1897년 1월

북풍에 굴러가는 성난 검은 돌은
어떤 불길한 거푸집을 찬양하려는 듯
인간의 죄악과 닮은 점을 찾아 더듬는
경건한 손길들 아래서도 멈추지 않으리.

이곳에선 거의 언제나 산비둘기 구구 우는데,
이 무형의 애도는 혼례의 면사포 겹겹의 주름으로
반짝임 한 번에 무리를 은빛으로 물들일
내일의 원숙한 큰 별을 짓누른다.

머지않아 바깥에 알려질 우리 방랑자의
고독한 도약을 따라가며 베를렌*을 찾는 이
누구인가? 그는, 풀밭에 숨어 있다, 베를렌은,

입술은 거기서 마시지도 혹은 숨결을 고갈시키지도 않고
순진하게 동의를 얻는 것으로만 붙잡으려 한다
죽음이라 왜곡되어 불리는 야트막한 개울을.

★ Paul-Marie Verlaine(1844~1896). 근대의 우수와 권태를 아름다운 운율로 노
래한 프랑스 상징주의의 대표적인 시인 중 하나로, 폴 베를렌의 사후 말라르메
는 그의 뒤를 이어 '시인들의 왕자Prince des poètes'로 선출되었다.

예찬
HOMMAGE ────────

이미 슬픔에 젖은 일렁이는 장막의 침묵이
그저 여러 겹 주름만 짓고 있네
중앙의 기둥이 무너져
추모도 없이 내던져진 가구 위에.

우리의 주술서의 호기로웠던 그 낡은 장난,
스스럼없는 날갯짓으로 퍼뜨려
수천 명을 흥분케 하는 상형문자들이여!
그 주술서를 차라리 장롱 깊숙이 숨겨다오.

내로라하는 광채들 그 사이에서 미움 받는
태초의 즐거운 소동에서부터
그 흉내를 위해 세워진 극장*의 앞뜰까지,

양피지 위에서 황홀에 젖은 황금빛 트럼펫 소리 드높게,

리하르트 바그너 신이 솟아올라, 잉크로도 온전히
입 막지 못한 어느 축성식을 무녀의 오열로 퍼뜨리네.

---

* 독일의 작곡가 빌헬름 리하르트 바그너가 자기의 악극을 상연하기 위해 특별
  히 디자인한 바이로이트 극장을 가리킨다.

예찬
HOMMAGE ─────

아직 추위에 오그라든 채
이 귀머거리가 불어대는
하늘빛 트럼펫을 향해
캄캄한 주먹을 움켜쥐고 흔드는 **새벽**마다

목자牧者가 나타나, 호리병을 매단
지팡이로 미래로 나아가는 저의 발걸음 따라
굳세게 두드리네
널따란 샘이 솟아날 때까지

그렇게 앞서서 그대는 살아가니,
오 고독한 퓌비
드 샤반,*
　　결코 혼자가 아니리

이 시대를 이끌어 마시도록 하니

그대의 **영광**이 찾아낸

수의도 없는 님프에게서.

---

* Puvis de Chavannes(1824~1898). 프랑스 국립미술협회의 공동 창립자이자 회
  장을 역임한 프랑스 상징주의 화가.

집약된 온 영혼은
TOUTE L'ÂME RÉSUMÉE ————

집약된 온 영혼은
우리가 그를 연기로 둥글게 내쉬고
뒤잇는 다른 동그라미들에
그 동그라미가 사라질 때

증언한다네 그 불의 맑은 입맞춤에서
재가 아무리 살짝 떨어져 나온다 해도
교묘하게 타고 있는
어떤 담배를.

서정적인 노래의 합창이 그처럼
너의 입술로 날아들지
시작하려 한다면 그 노래에서 현실을
빼내버리렴, 너무도 천박하니까

지나치게 명확한 의미는
너의 모호한 문학을 지워 없애버리니까

어느 찬란하고 희미한 인도 너머로
AU SEUL SOUCI DE VOYAGER ————

어느 찬란하고 희미한 인도 너머로
항해하려는 생각에 골몰하여
—이 인사는 그대의 배꼬리가 돌아 나오는
곳, 이 시대의 전령을 향하네,

범선을 따라 물에 살짝 잠기는
어느 돛대 위에서
새로움에 도취한 새가
늘 그렇듯 파닥임으로 거품 일으키며

소용없는 방위를
지루하게 우짖곤 하네
키의 방향을 바꾸지도 못하면서
밤이자 절망이며 보석인,

그것이 새의 노래에 의해

창백한 바스쿠*의 미소에까지 반사된다네.

I. 이 저녁 모든 긍지가 연기를 피운다
I. TOUT ORGUEIL FUME-T-IL DU SOIR ─────────

이 저녁 모든 **긍지**가 연기를 피운다,
갑작스러운 흔들림에 꺼져버린 횃불
영원의 입김도
버림받음을 유예하지 못하는구나!

화려하지만 추락한 온갖 전리품을
상속받은 그의 오래된 방은
불현듯 그가 복도에 들어선다 해도
온기가 돌지 않을 터.

과거의 필연적인 번민들이
맹수의 발톱처럼
거부의 무덤을 움켜쥐고 있어,

외롭게 얹힌 육중한 대리석 아래

테이블의 까치발만 번쩍일 뿐

아무런 불도 타오르지 않네.

II. 가냘픈 유리병의
둔부와 도약에서 솟아올라

II. SURGI DE LA CROUPE & DU BOND
D'UNE VERRERIE ÉPHÉMÈRE ─────

가냘픈 유리병의
둔부와 도약에서 솟아올라
쓰라린 밤샘을 꽃으로 피우지 못하고
잊힌 모가지가 멈춰 있네.

나 확신하니 두 입은
그녀의 애인도 내 어머니도,
결코 같은 **몽상**에서 들이켜지 않았음을
나, 이 차가운 천장의 공기 요정은!

음료가 채워지지 않는 순결한 꽃병은
끝 모를 홀몸 신세로
죽어가면서도 동의하지 않네,

가장 침울한 자들의 순진한 입맞춤이여!
어둠 속 장미 한 송이를 예고하는
그 무엇이라도 내뿜는 것을.

III. 한 겹의 레이스 사라진다
III. UNE DENTELLE S'ABOLIT ⎯⎯⎯⎯⎯

한 겹의 레이스 사라진다
더없이 높은 **유희**의 의혹 가운데,
신성모독을 저지르듯, 얼핏
침대의 영원한 부재만을 펼쳐 보이고서.

꽃무늬 하나가 저 같은 다른 꽃무늬와 일으키는
이 똑같은 하얀 갈등은
어슴푸레한 창유리에 부딪혀 가려져도
파묻히기보다 한층 더 펄럭인다.

그러나 금빛 꿈으로 물든 이에게
텅 빈 음악의 허무를 울리는
만돌린이 서글프게 잠들어 있다,

어떤 창을 향하여

그 누구의 것 아닌 저의 배로
낳을 수 있었을 자식과 같은 만돌린이.

시간의 향유가 배인 그 어떤 비단도

QUELLE SOIE AUX BAUMES DE TEMPS ————

시간의 향유가 배인 그 어떤 비단도
거기서 키메라*가 스러지고 있으니
거울 바깥에 그대가 펼쳐놓은
굽이치는 천연의 구름에 비할 수 없네!

사색에 잠긴 깃발의 구멍들은
우리의 큰길에서 솟구쳐 오르지만,
나는 그대의 맨 머리칼에
두 눈을 묻는 것으로 흡족하지.

아니다! 베어 무는 입은
아무것도 맛보지 못하리,

---

* 그리스 신화에 나오는 기이한 짐승. 머리는 사자, 몸통은 양, 꼬리는 뱀 또는
용 모양을 하고 있으며 불을 내뿜는다.

왕자 같은 그대의 연인이,

이 엄청난 머리채 속에서
제가 숨을 조르는 **영광들**의 비명을
다이아몬드처럼, 내지르게 하지 않는다면.

당신의 이야기에 내가 나온다면

M'INTRODUIRE DANS TON HISTOIRE ————

당신의 이야기에 내가 나온다면
잔디가 펼쳐진 어느 땅을
맨발 뒤꿈치로 디뎠다가
질겁한 용사로 나올 거예요

빙하를 공격한
그 순진한 죄를 나는 알지 못하겠어요
그것이 승리하여 소리 높이 웃는 것을
당신은 막지 않았을 텐데요.

말해봐요, 내게 기쁨이 아닌지
이 불길이 구멍을 뚫는 허공에서
천둥과 차축의 루비들,

내 유일한 저녁 마차의 바퀴가

흩어지는 저 왕국들을 따라
주홍빛으로 죽어가는 것을 보는 것이.

짓누르는 구름에

À LA NUE ACCABLANTE TU ⸺

짓누르는 구름에
노예처럼 고동 소리 되울리는
메아리마저 헛되게
현무암과 용암으로 된 암초 있어,

어떤 무덤 같은 침몰이(너는
그걸 알면서도, 물거품이여, 거기서 침 흘리는구나,
잔해들 중 마지막 남은)
헐벗은 돛대를 허물어뜨렸는가

아니면 크나큰 재난을
일으키지 못해 성난
저 심연이 공연히 아가리를 벌려

길게 늘어진 흰 머리채 속으로

세이렌의 어린 허리를
이악스레 빠뜨린 것인가!

파포스의 이름 위로
내 낡은 책들을 다시 덮고

MES BOUQUINS REFERMÉS
SUR LE NOM DE PAPHOS ───────

파포스의 이름 위로 내 낡은 책들을 다시 덮고,
유일한 재능으로 나는 기꺼이
승리의 나날의 히아신스 아래, 멀리,
무수한 바다 거품으로 축복받은 어느 폐허를 소환하리.

달려라 긴 낫처럼 침묵하는 추위여,
나는 공허한 장송곡을 울부짖지는 않으리
지면을 살짝 덮은 이 희디흰 희롱이
어느 곳에서든 거짓 풍경의 영예를 거부한다 해도.

나는 이곳의 어떤 과일도 즐기지 않네 나의 배고픔은
그 유식한 결핍에서 같은 맛을 발견하니,
그중 하나쯤은 향기로운 인간의 육체로 피어나기를!

우리 사랑이 불씨를 뒤적이는 이 날개 달린 뱀을 밟고,
나는 다른 것을 생각하네, 더 오래, 어쩌면 더 열렬히
저 옛날 아마존 여인의 불타버린 젖가슴을.

작품 해설

　신화 속 인물 오르페우스는 노래와 리라 연주로 짐승과 초목까지 감동케 했다고 천해진다. 오르페우스가 기억되는 건 단지 노래가 뛰어났기 때문이 아니다. 죽은 아내 에우리디케를 되살리러 지옥까지 내려갔지만 결국은 뜻을 이루지 못하고 비참한 최후를 맞았다는 비극적 결말이 그를 영원히 시인으로 남게 했다.

　오르페우스가 되어, 이 지상의 삶을 오르페우스의 방식으로 풀어 설명하는 것을 시인의 소명으로 삼았던 사람이 있다. 그 풀이를 높은 수준의 문학적 유희에 담아, 세상에 한 권뿐인 책을 쓰려 했던 사람. 바로 19세기 프랑스의 시인

스테판 말라르메다.

죽을 만큼 고통스럽거나, 죽음을 무릅쓰고 버텨야 하는 경우가 있다. 그러다가 탈진해 정신적인 죽음을 맞기도 한다. 인간이 저승을 드나드는 신화 속 이야기가 그것의 상징이 아닐까? 말라르메는 시의 세계를 탐험하면서 극도의 정신적 위기를 겪었고, 무無로 돌아가는 것 같은 경험을 했다고 고백한 적이 있다. 그런 가운데 시를 써나간 것이 말라르메의 삶이었다. 스스로 늘 시의 실패를 말했지만, 우리는 그의 사후 출간되어 유일하게 지금까지 전해지는 말라르메의 시집인 《시집*Poésies*》과, 앙리 마티스가 이에 삽화를 더하고 편집해 출간한 《목신의 오후: 앙리 마티스 에디션》을 통해 그 탐험의 모습과 의미를 만날 수 있다.

출생에서 시의 세례를 받기까지

스테판 말라르메는 1842년 3월 프랑스 파리에서 태어났다. "에피소드라 할 만한 것이 없는 삶"이라고 직접 말한 적이 있지만, 개인사를 살펴보면 꼭 그런 것만도 아니다. 다섯 살 되는 해 그는 어머니를 여읜다. 아버지가 그 이듬해 재혼하면서 배다른 동생 넷이 잇따라 태어났다. 15세 때는 같은 어머니에게서 난 한 살 터울의 여동생, 말라르메가

"내가 사랑했던 유일한 사람"이라고 했던 마리아가 세상을 떠났다. 그의 나이 서른일곱에는 어린 아들의 죽음을 겪게 된다. 아나톨이 소아 류머티즘을 오래 앓다가 여덟 살의 나이에 세상을 떠난 것이다.

이러한 비극적인 가족사에도 불구하고 말라르메가 자신의 삶이 평범했다고 말한 것은 그의 문학 인생 자체는 상당히 단조로웠기 때문이다. 기숙학교에서 쫓겨났던 10대 때의 반항을 제외하면, 그의 일생은 이렇다 할 소동이나 사건 없이 조용히 흘러갔다. 20세에 처음으로 시를 발표했고, 이듬해 결혼을 한 뒤에는 투르농, 브장송과 같은 지방 소도시에서 영어교사로 지냈다. 선배 또는 동년배 시인으로 거론되는 빅토르 위고나 샤를 보들레르, 아르튀르 랭보, 폴 베를렌, 로트레아몽과 비교해보면 환락이나 방랑, 회자되는 사건이나 모험과는 거리가 먼 삶이었다.

에너지의 발산과 분출보다는 고독과 무기력, 침잠이 그에게는 오히려 익숙했다. 특히 20대는 암울하기 짝이 없는 시기였는데, 낯선 곳에서 지위가 불안한 비정규직 교사로 생활하는 데에 마음을 붙이지 못한 이유도 있었다. 교사라는 직업을 고역으로 여겼으니, 학교나 학부모들에게 인기 없는 선생이 된 것도 어쩌면 당연했다. 수렁에 빠진 것 같

은 상황에서 정신적 위기를 겪으면서도, 그는 초기 대표작
으로 꼽히는 〈창〉, 〈창공〉, 〈종 치는 수사〉, 〈바다의 미풍〉,
〈에로디아드〉 그리고 〈목신의 오후〉 같은 작품들을 쓴다.

　이 시기의 작품들은 말라르메의 시 세계가 기본적으로 어
디에서 출발했는지 잘 보여준다. 자아와 세계, 현실과 이상
이라는 분리된 이원성에 대한 인식, 그리고 거기에서 기인
한 불만과 좌절은 초기 시의 주요한 주제들이었다. 말라르
메는 18~19세 때 당시의 시적 흐름에서 확연히 벗어나 현
대성의 출발을 알린 보들레르에 심취해, 《악의 꽃*Les fleurs
du mal*》 제2판을 전부 필사하여 간직하기도 했는데, 그래서
인지 초기 시에서 보들레르의 흔적은 두드러지게 나타난다.
〈창〉은 말라르메가 1863년부터 쓰기 시작한 시인데, 이 무
렵 말라르메는 시인이자 가장 친한 친구인 앙리 카잘리스
에게 보낸 편지에서 "도피할 곳이 몽상밖에 없는 우리 불행
한 사람들은 도대체 어디에서 구원을 받을 수 있을까요?"
라고 한탄했다. "'나는 행복하다'라는 말은 '나는 비열하다'
라는 말과 같은 뜻이며, 더 흔히는 '나는 멍청하다'라는 말
과도 같습니다"라고도 썼다. 삶의 조건이나 내용을 깊이 들
여다보지 않고 눈가림을 하거나, 자기 손을 더럽히며 타협
하지 않고서 행복하기란 불가능하다고 생각했던 것이다.

여러 번 고쳐 쓴 〈창〉은 〈종 치는 수사〉, 〈창공〉, 〈꽃들〉, 〈바다의 미풍〉, 〈탄식〉, 〈새로운 봄에〉 등과 함께 1866년 주간지 《현대 파르나스 *Le Parnasse contemporain*》에 발표되었다. 그 시작은 이렇다.

침울한 병원이 지겨워, 텅 빈 벽이 지루해진 큰 십자가 쪽으로
진부한 흰색 커튼을 타고 피어오르는
역한 향냄새가 지겨워,
그 속을 알 수 없는 죽어가는 병자는 늙은 등을 다시 일으켜,

이 세계는 침울하고 진부한 병원, 그 안에서 시인은 벽에 걸린 십자가에서도, 피어오르는 향에서도 위안과 만족을 찾지 못하고 죽어간다. 〈창〉의 병자는 침대에서 몸을 일으켜 햇빛을 보러 창가로 가지만 환멸만을 느낄 뿐이다. "이 삶은 환자들이 저마다 침대를 바꾸려는 욕망에 사로잡힌 병원"이라던 보들레르와 동일한 비유가 아닌가. 그리하여 보들레르가 "어디라도! 어디라도! 이 세상 밖이기만 하다면!"*

★ 샤를 보들레르, 〈이 세상 밖이라면 어디라도Anywhere out of the world〉.

을 외쳤듯이, 말라르메의 병자 또한 "아름다움을 꽃피우는 전생의 하늘에서" 다시 태어나고자 달아남을 거듭하고, 끝내 쫓아와 자신을 조롱하는 창공에 패배감을 느끼며 좌절한다.

말라르메는 이러한 도피의 욕망을 비유적 세계인 병원에서뿐 아니라 현실 세계에서도 표출한다. 〈창〉과 같이 발표된 〈바다의 미풍〉에서 "그 무엇도, 눈에 비치는 오래된 정원도 / 바닷물에 젖어드는 이 마음을 붙잡을 수 없으리. / 아 밤마다! 흰색이 지키는 종이를 비추는 / 내 램프의 쓸쓸한 불빛도, / 제 아이에게 젖 먹이는 젊은 아내도" 떠나려는 시인의 마음을 붙잡지 못한다고 말하기 때문이다. 밤마다 시를 쓰고자 빈 종이를 앞에 두고 고심하는 시간이나 가족과 함께하는 풍경은 생각하기에 따라 삶의 기쁨과 활력이 될 수 있다. 그런데 말라르메는 그러한 것에 미련이 없어 보인다. 미지의 거품이 이는 곳으로 달아나자고 여러 차례 외치고 있기 때문이다.

이 구절에서 프랑스어의 소유 형용사를 주의 깊게 본다면 말라르메의 심경과 지향점을 좀 더 잘 이해할 수 있을 것이다. 한국어에는 관사가 없거니와, 명사 앞에 관사나 소유 형용사를 쓰지 않고도 의미가 전달되는 경우가 많다. 그러나 프랑스어의 명사는 관사를 동반하고, 관사 대신 소유나 지시를 나타내는 형용사를 사용하기도 한다. 이처럼 한국어에서는 필수적이지 않은 프랑스어 원문의 관사나 소유 형용사를 번역문에 모두 옮기다보면 십중팔구 어색한 문장이 되곤 하지만, 말라르메의 시에서는 그 어색함을 무릅써야 의미를 제대로 이해할 수 있는 경우가 많다. 글 쓰는 책상을 밝히는 램프를 굳이 '내' 램프라고 명시한 것도 그 때문이다. 뒤이어 등장하는 '제' 아이에게 젖 먹이는 젊은 아내라는 구절에 이르면 '내' 램프와 '제' 아이가 이루는 대비가 강렬하게 전달된다. 아내와 가정을 이루어 낳은 아이가 '우리' 아이가 아니라 '제'(아내의) 아이라면, 말라르메의 아이는 대체 누구란 말인가. 그 아이는 '내' 램프의 불빛 아래 태어나야 하는 아이이다. 흰 종이에 펜으로 꾹꾹 눌러씀으로써 창작의 산고를 이기고 도래해야 하는 시, 바로 '나의' 시를 말한다.

〈시의 선물〉에서 말라르메는 밤을 지새운 끝에 완강히 버티는 흰색을 물리치고 자식을 품에 안지만, 그것도 잠시, 동이 틀 무렵, 차갑게 식은 유해를 확인하고 몸서리친다. 얼어붙은 유리창 안의 긴 겨울밤, 탄생을 불러오려는 시인의 노력은 번번이 허무에 도달한다. 그런데 역설적으로

그 겨울이 있어 말라르메는 명료한 정신의 세계를 탐험한
다. 역시 1866년 《현대 파르나스》에 〈새로운 봄에〉로 실렸
다가 제목을 바꾼 시 〈새봄〉에서는 보들레르의 영향이 엿보
이지만, 말라르메만의 면모도 느껴진다. 보들레르는 〈가을
의 노래Chant d'automne〉에서 "안녕, 너무도 짧았던 우리 여름
의 발랄한 빛이여!"라고 탄식하면서,

　　이 모든 겨울이 이제 내 존재 안으로 돌아오니
　　극지의 지옥에 떨어진 태양처럼
　　내 심장은 시뻘겋게 얼어붙은 덩어리에 지나지 않겠지

라며 다가오는 겨울에 몸서리친다. 그러나 말라르메는 떠
나가려는 겨울을 "고요한 예술의 계절, 정신 맑은 겨울"이
라 부르며 그리워한다. 봄의 생기는 그에게 오히려 혼란스
럽다. 힘찬 수액이 흐르는 봄의 들판을 떠돌며 시인은 슬픔
에 잠긴다. 〈새봄〉에서 말라르메는 새싹과 향기가 퍼져나
가는 상승과 확산을 막으려는 듯, 땅에 얼굴을 파묻고 누워
겨울의 권태를 어떻게든 더 연장하려 한다. 보들레르와 사
뭇 다른 모습이다.

순수 개념을 찾아

이처럼 이원성으로 인한 내면의 분리와 갈등이라는 점에서 보들레르의 후예로 출발했지만, 말라르메는 자신만의 이상을 찾아 나아가기 시작한다. 환락과 모험, 불행한 삶을 창조의 원천으로 삼은 보들레르와 달리, 말라르메는 책상 앞에서 관념의 여행을 떠난다. 그에게 "창조하는 행위로서 시는 한 인간의 영혼에서 절대적인 순수함의 광채를 포착함으로써 이루어져야 하는 것"이었다. "그렇게 창작될 때 시라는 단어가 의미를 갖는다"*라고 말라르메는 여겼다. 외부의 우연이나 자극을 흡수하고 그 반향으로 전개되는 시는 철저히 배제된다. 시인은 "자기를 보기 위해 스스로를 보"**는 그림자가 되어 거울을 응시한다. 나인 나와, 나였던 나는, 그 '나'를 대상으로 사유하는 나와 분리되어 존재한다. 거울을 바라보는 나와 거울 속의 나가 하나이면서도 거울의 표면과 거울 앞에 동시에 존재하는 것처럼. 자신과의 치열한 싸움은 말라르메를 극단적인 정신의 위기로 내몰았

---

* 스테판 말라르메, 〈문학의 진화에 관한 설문(쥘 위레의 설문)에 응답함Réponses à des Enquêtes sur L'Évolution Littéraire(Enquête de Jules Huret)〉.
** 말라르메의 미완성 작품《이지튀르*Igitur*》에서 인용.

다. 영원하고 순수한 세계를 맛보았다는 승리감과 권태의 늪으로 다시 곤두박질치는 좌절감이 엎치락뒤치락 계속되었다. 냉혹한 겨울의 아이 〈에로디아드〉와 꿈틀대는 여름의 쾌락 목신이 그 과정에서 태어났다. 실제로 말라르메는 1864년부터 몇 년에 걸쳐 여름에는 〈목신의 오후〉를, 겨울에는 〈에로디아드〉를 썼다.

에로디아드는 〈시의 선물〉에서 "이뒤메의 밤으로부터 데려온" 바로 그 아이인데, 이뒤메는 헤롯 왕가의 발원지인 지금의 이스라엘을, 에로디아드는 헤롯왕의 의붓딸이자 조카, 성 요한의 목을 베게 한 살로메를 가리킨다. 살로메를 헤롯 가문의 여자라는 뜻의 에로디아드로 변형시킨 데 대해 비평가 파스칼 뒤랑은 매우 흥미로운 해석을 하고 있다. 시의 마지막 부분에 등장하는 구절 "다이아몬드의 맑은 시선을 한 에로디아드Hérodiade au clair regard de diamant"에서 밑줄친 프랑스어 발음을 분절하여 'air-au-dia-de'의 순서로 재배열하면 에로디아드라는 이름이 된다는 것이다. 다이아몬드는 단단함, 맑음, 차가움, 고귀함, 아름다움, 그리고 말라르메가 정신의 우주를 여행한 겨울을 상징한다. 음운의 유희로 언어적 아름다움을 극대화하는 동시에 다이아몬드와 에로디아드가 같은 본성을 띠고 있다는 것이 음운적 동질성으로 표현되고 있는 것이다. 그 본성은 말라르메의 시 작법의 본질이기도 하다.

장편의 극시로 구상했던 〈에로디아드〉는 결국 완성되지 못했고, 말라르메가 생전에 낸 시집에는 〈에로디아드〉 중 '장면'만 수록되었다. 《목신의 오후: 앙리 마티스 에디션》에 는 '장면'과 말라르메 생전에 완성된 '성 요한의 송가'가 포 함돼 있다. '장면'은 표면적으로는 에로디아드와 유모의 대 화처럼 보인다. 손에 입을 맞추려 하고, 향유와 머리 손질 로 치장하려드는 유모의 간섭을 에로디아드가 계속 뿌리치 는 내용이다. 그런데 자세히 들여다보면, 대화라기보다 에 로디아드의 독백에 가깝다는 것을 알 수 있다. 유모가 제안 하는 입맞춤, 향유와 머리 손질에서 인간은 육체적이고 물 질적인 대상이다. 반면, 에로디아드는 그러한 접촉이 없는 곳에서, 자기 자신을 위해 피어나는 외로운 꽃이 되려고 한 다. 이 같은 에로디아드의 소망에는 이 시를 쓸 당시 말라 르메의 경험이 투영되어 있다.

나는 끔찍한 한 해를 보냈습니다. 내 사고는 스스로를 사고 하여 순수 개념에 도달했지요. 그 긴 고뇌의 시간 동안 나라는 존재가 겪은 모든 것은 가히 말로 할 수 없을 지경이지만, 다행히도, 나는 완전히 죽었습니다. 하여, 나의 정신이 여행할 수 있는 가장 불순한 영역은 영원입니다. 내 정신, 제 고유의 순수함에 익숙해진 이 은둔자는 이제 시간의 반사작용에도 더는 그 빛을 잃지 않을 것입니다.

1867년 5월 카잘리스에게 쓴 이 편지에서 말라르메는 스스로를 사고함으로써 순결무구의 결정체인 '순수 개념'의 빛을 얻었다고 말한다. 정신의 세계를 탐험하여 거기에서 순수 개념을 발견함으로써 〈창〉이나 〈바다의 미풍〉에서 시인을 괴롭히던 물질의 세계에서 벗어날 수 있다고 본 것이다. 에로디아드가 유모의 제안을 거부하는 것 역시 같은 맥락이다. 유모로 대표되는 세계, 즉 젖이라는 원초적 유대, 신체적 접촉과 치장이라는 물질성과 결별하고 에로디아드는 자기가 만든 세계에 은둔하려 한다. 그래서 그녀는 "처녀로 사는 끔찍함"이라고 표현하면서도 극도의 순결성을 원한다. 고독 속에서 홀로 꽃피며 그녀가 기다리는 것은 오직 "미지의 그 무엇" 즉, 순수 개념, 그리고 아름다움이다.

그러한 맥락에서, 에로디아드가 성 요한의 목을 요구하는 것은 자신의 육체를 훔쳐볼 수도 있는 시선을 미리 차단하는 것으로 이해할 수 있다. '성 요한의 송가'는 참수된 요한의 머리가 부르는 노래다. 성 요한의 참수는 "육체와 겪어온 오랜 불화"를 떨쳐내는 의미가 있다. 에로디아드가 거부하려 한 육체성이 성 요한의 참수를 통해 구현되는 것이다. 그러나 육체와 단절했다고 해도, 영원한 추위의 고장, 순수 세계의 상징인 빙하로 튀어 오르는 것은 여전히 허락되지 않는다. 나란히 배치된 〈시의 선물〉, 〈에로디아드〉의 '장면'과 '성 요한의 송가'에서 겨울의 아이는 결국 이루지 못한 탄생의 유해로 남는다.

이처럼 〈에로디아드〉에서 시도한 순수 개념과의 정면 대결에서 말라르메는 패배하고 만다. 이 작업은 실제로 말라르메를 탈진시켰다. 1865년 그는 자신을 쇠진시킨 〈에로디아드〉를 겨울을 위해 남겨두고, 신화에 등장하는 게으르지만 놀라운 성욕을 가진 목신 폰Faune(그리스 신화의 판Pan)을 주인공으로 한 막간극을 쓰기 시작한다. 〈에로디아드〉의 쓸쓸하고 처참한 잔해를 〈목신의 오후〉의 몽롱한 여름 열기가 덮게 되는 것이다. 목신은 요정 시링크스를 마음에 담고 뒤쫓다 그녀가 갈대로 변하자, 이를 각기 다른 크기로 꺾어 피리를 만들었다고 하는 인물이다. 이 두 작품은 표면적으로는 여름과 겨울만큼 극명하게 차이가 난다. 유모와 밀고 당기면서 과거와 미래가, 육체와 정신이 치열하게 대결하는 구도를 띠었던 〈에로디아드〉와 다르게 〈목신의 오후〉에서는 관능과 성적인 환상이 피어오른다. 육체성, 물질성에 대한 증오에 가까운 선 긋기는 사라지고 무더위에 취한 듯, 꿈과 기억, 상상과 현실의 경계는 모호해진다.

사실 목신은 자신이 이 여신들을 안은 것이 꿈인지 실제인지 분간하지 못한다. 두 님프의 살빛이 또렷하게 떠오르지만, 상상 같기도 하다. "내가 꿈을 사랑했던가?"라는 도입부의 나른한 독백은 이 이야기가 목신의 호색적인 무용담이 아니라 사실과 허구 사이에서 일어나는 파동 같은 것임을 알려준다. 목신이 떠벌리는 여자들은 실은 그의 엄청난 성욕이 바라는 환각에 등장했던 것은 아닌지…… 여인들은 사라지고 입맞춤의 증거도 없는데, 목신의 가슴에는 "어느 고귀한 이빨에 물린 신비로운 상처"가 남아 있다. 말라르메는 상처가 난 이유는 밝히지 않고 주변의 풍경과 몽상을 아우르는 갈대 피리의 가락으로 곧바로 넘어간다.*

분명 목신의 마음은 님프들을 정복하는 것보다 그녀들의 모습을 영원하게 하고 싶다는 데 쏠려 있다. 그렇기 때문에 목신은 에로디아드의 대척점에서 육체와 욕망을 대변하는 인물이 아니라, 여신에 대한 기억을 암시하고 불러일으키는 데에 몰두하는 인물, 즉 시인을 상기시킨다. 님프들을 뒤쫓았던 것은 이 이야기를 하기 위한 도입일 뿐, 여인들을 환기하여 풍경을 맴도는 곡조로 떠오르게 하는 것이 그에게는 더 중요해 보인다. 목신은 "나를 둘러싼 소문에 우쭐하며, 오래오래 나는 여신들 이야기를 떠벌리리라"라고 마음먹는다. 그러면서 이를 "포도송이에서 빛을 빨아먹"고 빈 껍질에 숨결을 불어넣어 여름 하늘에 들어 올려 햇빛에 비추어보는 것에 비유한다. 숨결이 포도알을 채워 그 알맹이를 대체하는 것처럼, 두 명의 님프는 사라졌지만, 목신은 그들에 대한 이야기에 숨을 불어넣고 부풀려, 오래오래 추억으로 되살려내려 한다.

이것은 말라르메의 시론과 일치한다. 물질이나 대상 자체를 노래하는 것이 아니라, 대상이 부재한 가운데서도 그에 대한 순수한 개념을 떠올리도록 하는 것. 님프들이 달아났

---

* 말라르메는 〈목신의 오후〉를 1865년부터 쓰기 시작했다. 이 작품은 시가 아니라, 무대에 올리기 위한 드라마로 쓰였다. 정작 상연은 거절되었지만, 1876년 마네가 삽화를 맡아 협업한 시집 《목신의 오후》가 출간되었고, 1894년에는 클로드 드뷔시가 〈목신의 오후 전주곡〉을 발표했다. 말라르메가 화요일 저녁마다 자택에서 가진 문학인, 예술인들의 모임인 일명 '화요회'의 일원이기도 했던 드뷔시는 갈대 피리의 가락을 플루트를 비롯한 관악기로 재현하면서 목신의 은밀한 환상과 욕망을 절묘하게 표현해냈다. 1912년 무용가 바츨라프 니진스키가 말라르메가 쓴 서사와 드뷔시의 곡에 안무를 창작해 〈목신의 오후〉를 무대에 올린다. 〈목신의 오후〉를 상연하고자 했던 말라르메의 소망은 후세의 예술가들에게 영감을 주어 그의 사후에 종합 예술로 완성된 셈이다.

어도, 그녀들을 뒤쫓았던 것이 꿈이었는지 실제였는지 명확하지 않아도, 포도알은 빠져나가고 빈 껍질만 남았어도, 시의 힘으로 그 안에서 싱그러운 살과 과육의 맛과 향이 퍼져 나오도록 하는 것. 이즈음에서 말라르메의 〈시구의 위기 Crise de vers〉의 그 유명한 구절을 소환해도 무방하리라. "내가 꽃!이라고 말하면, 내 목소리의 파동이 사라지는 그 망각 너머에서, 모든 꽃다발에 부재한 꽃송이가, 이미 알려진 꽃송이와는 다른 어떤 것으로, 음악적으로, 그윽하며 관념 그 자체인 것으로 솟아오른다."

목신은 님프들을 뒤쫓기보다, 사라진 그녀들의 모습을 영원히 남기려고 한다. 에로디아드와 같은, 바로 아름다움이라는 목표를 갖고 있기 때문이다. 〈에로디아드〉는 말라르메가 도달하려 한 순수 개념과 아름다움의 성질과 목표를 표상하고, 〈목신의 오후〉는 그 시적인 방법론을 암시한다. 그렇게 둘은 한 쌍을 이룬다.

가상성과 거짓말의 유희

순수 개념을 포착하고 표현하는 것이 가능할까? 〈목신의 오후〉는 감각적이며 음악적으로, 그윽하게 그 효과를 그려보려는 시도였다. 여기서 눈길을 끄는 것은 순수 개념을 시와 결합하여 표현하기 위해 말라르메가 허구라는 가능성을 사용했다는 점이다. 님프들의 존재와 목신의 행각에 대해 말라르메는 진위를 가리지 않고 모호하게 남겨두었다. 이 같은 허구의 가능성 또는 가상성은 말라르메가 즐겨 사용한 시적 방법이다. 말라르메가 이를 생각하게 된 것은 〈에로디아드〉를 쓰면서였다. 시를 파고 들어가면서 말라르메는 "무Néant"와 가슴속의 공허를 발견했고, 인간이 물질의 공허한 형태에 불과할 따름이라는 것을 깨닫는다. 그러면서 그 물질의 스펙터클을 재현하겠노라는 시적 야망을 품게 되는데, 그는 이를 **"거짓말의 영광**La Gloire du Mensonge**"** 또는 **"영광스러운 거짓말**Le Glorieux Mensonge**"**이라고 대문자로 강조한다.*

　이러한 허구와 거짓말의 작용을 담아낸 시를 여럿 꼽을 수 있는데, 예배당의 창가, 퇴색한 스테인드글라스에 저녁빛이 스며드는 장면을 묘사한 〈성녀〉도 그중 하나다. 성녀가 하프의 현을 뜯는 것인지, 천사가 창 너머로 날개를 활

---

* 1866년 4월 말라르메가 카잘리스에게 보낸 편지 원문 참조.

짝 편 것인지 모호한 가운데, 실제로는 침묵만 감도는 공간임이 마지막에 드러난다. 빛바랜 색유리에 창백하게 새겨진 성녀의 존재는 음악을 암시하는 동시에, 가상의 음악이 공간을 지배하는 것 같은 마법으로 펼쳐지는 것이다. 이러한 가상성의 작용은 부채라는 상징을 통해 보다 적극적인 시적 유희로 전개된다.

〈다른 부채—말라르메 양의 부채〉에서 부채는 자기를 쥐고 있는 아가씨에게 말을 건넨다. 자신이 "길 없는 / 저 순수한 환희에 잠길 수 있게, / 미묘한 거짓말로" 아가씨의 손에 자기 날개를 붙잡아두라고, 부채의 펄럭임에 따라 거기 쓰인 시가 파닥이듯 보이는 것을 부채가 직접 말하는 것처럼 표현하고 있다. 그뿐 아니라, 누군가 손에 쥐고 부쳐야만 바람을 일으킬 수 있는 부채가 마치 사로잡혀 날 수 없는 날개인 양 자기를 위장하는 거짓말을 해달라고 아가씨에게 부탁하는 것처럼 묘사한다. 이 거짓말이 왜 필요할까? 해 저무는 저녁 더위를 식히는 단순한 부채질이, 사로잡힌 부채의 날갯짓이라는 거짓말을 통해, 닫히고 고정된 공간을 흔드는 격렬한 입맞춤 같은 파동으로 뒤바뀌기 때문이다. 날갯짓은 아가씨의 얼굴을 스쳐지나 공간을 밀어내어 확장했다가, 다시 얼굴 쪽으로 돌아오며 서늘한 바람과 붉은 노을을 가져다주는 마법이 된다. 부채의 움직임에 따라 살포시 가려졌다 나타나는 아가씨의 입가에는 "길들지 않은 낙원"의 그 신선한 떨림을 흡족하게 음미하는 미소가 깃든다. 미묘한 거짓말로 공간을 뒤바꾸는 가상성의 유희를 마친 부채는 아가씨의 팔목에 고이 날개를 접는다. 말라르메는 "이 세상의 모든 것은 한 권의 책에 이르기 위해 존재한다"라고 했는데, 접힌 부채가 바로 책의 형상이다. 부채-책을 그 세계를 지배하는 왕홀에 비유하고 그것을 줌인zoom in하면서 거짓말의 유희가, 시가 마무리되는 것은 그래서 의미심장하다.

이접화의 세계와 '책'*

앞에서도 언급했듯이 말라르메는 순수 개념을 이루는 작품을 쓰고자 했다. 시인이 낱말들에 주도권을 넘겨주고 자신은 소멸하여 무가 된 상태, 그렇게 낱말들이 충돌하며 서로서로 반영함으로써 보석 위에 나타나는 광채처럼 점화되기를

---

* "세상에 하나뿐인, 누구도 시도해본 적 없는 책Livre(첫 글자가 대문자로 표기되어 있다)"에 관한 말라르메의 계획과 구상이 1885년 말라르메가 폴 베를렌에게 보낸 '자서전'이라 불리는 편지에 담겨 있다.

그는 바랐다. 시를 쓰는 시인이 존재하지 않으면서 시가 이루어지는 것이 과연 가능한 일일까? 시인이 오르페우스처럼 저승으로 내려갔다고 알려주는 〈제 순결한 손톱들이 그들의 오닉스를 높이 들어 바치는〉이 그 가능성을 보여준다.

어느 밤, 없는 것투성이인 한 공간이 있다. 그 주인이 '프틱스'라는 물건을 가지고 스틱스 강으로 눈물을 길으러 갔기에 방은 비어 있다. 스틱스 강은 이승과 저승을 가른다는 신화 속 강이니, 그 또한 실재한다고 볼 수 없다. 프틱스는 소라 껍데기를 의미한다고 하지만 실제로 사용되는 단어가 아니다. 그러니까 주인이 유일하게 저승에 가져간 이 물건 또한 존재하는지 알 수 없는 것이다. 아무도, 아무것도 존재하지 않는다는 사실만 존재한다. 이처럼 모든 것이 사라지고 하강하여 극도의 부재 상태를 향해 가는데, 갑자기 거울 하나가 등장한다. 그 테두리의 금빛이 사라지면서 거기 새겨진 물의 요정 닉스마저 망각으로 밀어 넣는 순간, 북쪽 하늘의 별자리가 선명하게 거울에 나타난다. 어둡고 텅 빈 방의 거울에 하늘의 성좌가 반영된 순간이다. 어둠과 빛이, 흑색과 백색이 대비된다. 하강이 상승으로 대치되고 부재와 무는 성좌의 빛으로 전환된다.

모든 것이 부재한다고 지속적으로 환기하는 가운데 이 시에는 귓가에 남는 소리가 하나 반복된다. '-yx로 끝나는 소네트'라는 별칭이 말해주듯, [iks] 발음으로 끝나는 프랑스어의 모든 단어들, '오닉스onyx', '피닉스Phénix', '프틱스ptyx', '스틱스styx', '닉스nixe'가 동원되어 희귀하고 특별한 운을 이룬다. 마치 부재와 무를 성좌의 빛으로 뒤바꾸는 주문처럼. '-yx[iks]'는 문자 X의 프랑스어 발음이다. 정체 모를 미지의 것을 의미할 수도, 없음을 의미할 수도 있는 X로 그 전환의 마법이 가능해진 것이 아닐까. X는 상하로든 좌우로든 완벽히 대칭을 이루는 글자다. 흑과 백, 두 개의 면이 맞붙어 이루어진 그림, 이접화. 이 "꿈과 허무의 동판화"*를 그리기 위해 X는 여러 번 소환된다. 말라르메는 대조적인 두 면이 맞닿았으나 완벽히 상응하며 대전환이 펼쳐지는 그림-성좌를 그려낸다. 스틱스 강으로 간 시인이 지상의 방에 보여준 하늘의 그림은 이 세계에 대한 오르페우스식의 한 설명이다. 이 설명은 말라르메가 추구했던 '책'의 의도와 일치할 것이다. 그 '책'은 가상으로만 존재했고 이루어지지

---

* 1868년 7월 말라르메가 카잘리스에게 보낸 편지에서 제목이 없는 시 〈제 순결한 손톱들이 그들의 오닉스를 높이 들어 바치는〉의 전신인 〈저 자신을 우의하는 소네트Sonnet allégorique de lui-même〉를 보내며 덧붙인 설명이다.

않았지만, 그가 남긴 책에 대한 언급을 종합해볼 때, 거울에 나타난 성좌는 그 이상을 표현했다고 볼 수 있다.

흥미로운 것은 '책'은 개념적으로만 구상된 것이 아니라는 점이다. 1866년 4월 처음으로 언급된 말라르메의 '책'은 삶의 후반인 1885년 베를렌에게 보낸 '자서전'이라 불리는 편지, 1895년에 쓰인 〈책, 영혼의 악기Le livre, instrument spirituel〉에 이르기까지 그의 인생의 최종적인 목표로 등장한다. 그중에서 베를렌에게 보낸 편지는 '책'의 의미와 계획을 가장 구체적으로 보여주고 있다. 말라르메는 연금술사와 같은 인내심으로, '필생의 작품Grande Œuvre'의 아궁이에 불을 피우기 위해 "언제나 다른 것을 꿈꾸고 시도했다"고 밝힌다. 그것이 바로 "한 권의 책"이다. 형태적으로는 여럿으로 나누어 묶은 '하나의 책'이며, 우연한 영감을 모은 것이 아니라 "건축적이고 미리 구상"된 성질을 띤다. 그 책은 "지상의 삶을 오르페우스식으로 설명하"는 것으로, "시인의 유일한 의무이자 최고의 문학적 작업"이라고 말라르메는 적고 있다. 처음 언급된 이후 30년이 넘는 세월 동안 추구한 목표니만큼, 책의 규모와 계획, 구성 작품이나 분량은 자주 변경되었다. '책'의 근본적인 개념과 의미에 대해서는 〈책에 관하여Quant au livre〉, 〈시구의 위기Crise de vers〉, 〈문자 속의 신비Le Mystère dans les lettres〉, 〈음악과 문학La musique et les lettres〉 등 말라르메가 남긴 산문들에서도 깊이 있게 다뤄졌다. 그렇지만 '책'은 끝내 고정된 형상을 띤 실체로 구현될 수 없는 것이었다. 그 계획과 구상의 세계 속에 이상으로 존재함으로써, 시인의 지향점이 되는 것이 책의 존재다.

말라르메가 '책'에 포함된다고 언급했던 작품들이 없는 것은 아니다. 시인은 〈에로디아드〉가 '작품'을 이루는 세 편의 운문시 중 서문이 될 것이라고 했고, 아름다움을 예찬하는 이른바 '소네트 3부작'이라고 언급한 시들*이 '책'의 한 부분이라고 말하기도 했다. 말라르메는 '책'의 전부를 이루지 못했지만, 끊임없이 구상을 가다듬거나 기획했다. 그 과정에서 '책'에 속하는 시들을 부분적으로 시도했을 가능성이 있다. 그 조각들, 그러니까 남겨진 말라르메의 시들을 통해 우리는 '책'을 엿보고 상상해볼 수 있지 않을까.

드망판 시집과 마티스 에디션

말라르메는 "자신이 쓴 책으로보다 쓰지 않은 책으로 더

---

* 〈이 저녁 모든 긍지가 연기를 피운다〉, 〈가냘픈 유리병의 둔부와 도약에서 솟아올라〉, 〈한 겹의 레이스 사라진다〉로 추정된다.

유명해진 시인"*이라는 평가를 받기도 했다. 그가 쓴 책이 왜소해서가 아니라, '책'의 기획과 그 작업에 파고든 의지와 열정이 드높았기 때문이다. 또한 '책'의 구상이 완결될 수 없다는 점이 역설적으로 시와 글쓰기의 본질에 대한 끊임없는 성찰과 실험을 이끌어내기에, 그 자체로 큰 의미를 갖기 때문이다.

1899년 《시집》이라는 제목으로 묶인 말라르메의 시집이 출간된다. 그가 구상했던 대작인 '한 권의 책'은 물론 아니었지만, 이 시집이 나오는 과정도 녹록지 않았다. 초고를 쓴 이후 19년이 지난 뒤에야 발표한 시도 있고, 10년 가까이 한 편의 시도 완성하지 못한 시기를 보내기도 했으며, 한 작품을 평생에 걸쳐 작업하다 미완성으로 남기기도 했기 때문이다. 등단 이후 세상을 떠나는 1898년까지 36년 동안 말라르메가 완성한 시는 70편이 채 되지 않는다.

말라르메의 《시집》은 1887년 독립평론 출판사에서 낱권으로 처음 출간되었다. 이 판본은 사진 석판본으로 47부가 인쇄되었다. 1891년 브뤼셀의 드망 출판사와 계약하고

---

* 황현산, 〈옮긴이 해설〉, 《시집》, 문학과지성사, 2018, 38쪽.

1894년에 《시집》의 원고를 보내지만, 《시집》은 1899년에야 유작으로 출간되었다. 그의 유지에 따라 세 편의 시가 추가되어 모두 49편의 시가 수록된 드망판 시집이 가장 널리 알려진 말라르메의 《시집》이다.

말라르메의 이 유일한 시집은 그 시작과 끝이 항해의 모험으로 구성되어 있다. 첫 번째로 수록된 작품 〈인사〉에서 시인은 일어나 축배를 든다. 배꼬리에 자리한 시인과 뱃머리를 채운 친구들이 함께 항해를 떠나는 것을 축하하기 위해서다. 이 작품은 문학잡지 《플륌 La Plume》이 젊은 시인들을 위한 모임을 열었을 때 행사시로 썼던 작품이다. 말라르메는 이 모임의 좌장이었다. 그러한 상황을 고려하면 이 시에 등장하는 "친구들"은 젊은 시인들이 되겠지만, 시인은 책의 페이지를 여는 독자들에게 건네는 인사로 이 시를 첫머리에 둔다. 그러니까 이 시집을 읽는 우리 모두는 말라르메의 친구인 셈이다.

그런데 축배의 떠들썩함, 즐거움보다는 "아무것도 없네"라는 첫 마디에 야릇한 긴장과 적막감이 감돈다. 뒤이어 나오는 "거품"이 샴페인의 기포를 말할 수도 있지만, 물속으로 잠기는 세이렌 무리와 연결되면서 배의 난파나 죽음의 이미지를 불러오기 때문이다. 시인은 이 항해가 순조롭기만 하지는 않으리라 예감하면서, "고독에, 암초에, 별에 / 우리 돛의 하얀 근심을 가져오는 / 모든 것에" 축배를 든다.

시를 쓰는 것, 그리고 《시집》을 읽는 것은 암초에 걸릴 위험이 도사리고 있지만, 별을 등대 삼아 고독하게 나아가야 하는 모험이라고 시인은 일러준다. 《시집》을 항해의 모험에 빗댄 시편들은 시집 곳곳에 펼쳐져 있다. 〈바다의 미풍〉, 〈어느 찬란하고 희미한 인도 너머로〉를 거쳐 마지막 두 작품 〈짓누르는 구름에〉, 〈파포스의 이름 위로 내 낡은 책들을 다시 덮고〉에 이르면서 독자는 항해를 떠난 배가 결국 난파한 것은 아닌지 의심을 품게 된다. 돛대의 흔적은 없고, 침 흘리듯 거품을 뱉는 바다만 막막하게 펼쳐져 있기 때문이다.

결국, 가장 마지막 시에서 시인은 미의 여신 아프로디테가 탄생한 "파포스의 이름 위로 (그의) 낡은 책들을 다시 덮고", "바다 거품으로 축복받은 어느 폐허"를 소환한다. 〈인사〉의 첫 연에서 등장했던, 아무것도 없고 거품만 이는 상태로 되돌아온 것이다. 그러나 말라르메는 《시집》의 첫 구절에서 그 거품을 곧바로 "순결한 시"라고 하지 않았던가. 시인은 탐험가 바스쿠 다 가마처럼 "어느 찬란하고 희미한 인도 너머로 항해하려는 생각에 골몰"했는데, 부채의 날갯짓이 가상의 유희, 거짓말 유희를 펼쳤듯이, 이 항해 역시 "램프의 쓸쓸한 불빛" 아래 펼쳐진 시집 안에서 이루어진 것이리라. "아무것도 없"다는 것은 이 모험에 대한 예언이었을 수도 있다. 그리고 시인은 그 실패한 항해의 기록을 문자 그대로 '시집'이라는 제목으로 묶었다. 순수하고 순결한 시 모음. 다른 무엇일 수 없고, 그래서 달리 이름을 붙일 수 없는, 오직 《시집》일 뿐인 것.

현재 말라르메의 한 권뿐인 시집으로 일컬어지는 드망판 《시집》은 그의 생전에 출간되지는 못했지만, 시인이 1890년부터 원고를 직접 준비하고 수정 과정을 거친 것으로, 그의 의사가 반영된 구성으로 볼 수 있다. 그렇다면 1932년에 출간된 《목신의 오후: 앙리 마티스 에디션》은 드망판 《시집》과 어떻게 다른가? 우선 마티스가 제작한 29개의 에칭화가 삽화로 곁들여졌다는 것과 말라르메의 시가 총 64편으로 늘어났다는 점이 눈에 띈다.

수록된 시들은 1913년 누벨 르뷔 프랑세즈 출판사에서 출판된 《시집》의 목록과 순서를 따랐다. 〈인사〉로 시작해 〈파포스의 이름 위로 내 낡은 책들을 다시 덮고〉로 마치는 가상의 항해에 빗댄 시적 모험의 구조를 띠는 점은 동일하다. 그러나 그 안에 드망판 《시집》보다 15편의 시[*]가 추가되었다.

〈악마에 홀린 흑인 여자〉는 1866년 《파르나스 사티리크Le Nouveau Parnasse satyrique du dix-neuvième siècle》에 발표되었다. 초고의 제목이 〈기괴한 이미지Image grotesque〉였던 이 시는 보들레르의 《악의 꽃》의 영향으로 당시 시단에서 유행하던 동성애의 장면을 묘사하는 듯하다. 여성의 육체에 대한 묘사가 노골적이고 인종주의적 관점이 드러나 있다고 볼 수 있는 시이며, 드망판 《시집》에 수록되지 않은 많은 시들이 그러하듯, 비평적인 관심도 크게 받지 못했다. 그런데 〈에로디아드〉를 통해 "사물이 아니라, 그것이 일으키는 효과를 그리겠다"는 원대한 목표를 다짐하는 1864년의 편지에서 말라르메는 곧이어, 타락한 악마가 자신을 괴롭히고 있고, 거기에서 허우적대며 음란한 시구를 꿈꾸는 우울한 나날을 보낸다고 쓰고 있다. 이 음란한 시구는 〈악마에 홀린 흑인 여자〉와 관계된 것으로 추정된다. 〈에로디아드〉에서 추구한 다이아몬드같이 단단하고 고결한 이상 아래 어

＊ 〈악마에 홀린 흑인 여자〉, 〈소네트—당신의 죽은 사랑, 그의 친구를 위해〉, 〈에로디아드—성 요한의 송가〉, 〈여인이여, 지나친 격정 없이도〉, 〈오 멀리서 가까이서 순백의, 그토록〉, 〈거리의 노래〉에 속한 6편의 시, 〈롱델 Ⅰ〉, 〈롱델 Ⅱ〉, 〈소곡—병사의 노래〉, 〈집약된 온 영혼은〉이다.

두운 욕망의 골짜기가 깊게 파여 있음을 보여주는 작품이라 하겠다.

〈소네트〉는 1877년 쓴 시이다. 한 여자의 영혼이 혼자 남은 사랑하는 이에게 건네는 이야기이다. '성 요한의 송가'는 미완의 시 〈에로디아드〉의 '장면'에 뒤이어 실렸다. 〈여인이여, 지나친 격정 없이도〉, 〈오 멀리서 가까이서 순백의, 그토록〉, 〈롱델 I〉〈롱델 II〉는 모두 연인이었던 메리 로랑과 관련이 있는 작품이다. 〈여인이여, 지나친 격정 없이도〉에는 열정으로 인한 위기나 감정을 소진하는 불꽃 같은 욕망 없이 평온한 우정을 원하는 말라르메의 마음이 담겼다. 〈오 멀리서 가까이서 순백의, 그토록〉에서 말라르메는 '메리'의 이름을 직접 부른다. 평온한 우정을 꿈꾸어서인지 애인이 아니라 '누이'라고 그녀를 지칭하고 있지만, 머리칼에 입을 맞추는 마지막 연에 이르면서 에로틱함이 오히려 고조되는 느낌이다. 말라르메는 두 편의 〈롱델〉을 그의 연인 메리 로랑에게 보냈다.

〈거리의 노래〉는 짤막한 소품들로 구성된 연작시의 제목이다. 1889년, 당시 파리의 모습을 담은 여러 문인의 글을 모아 《파리의 군상들》이라는 책으로 출간되었는데, 말라르메는 이때 구두 수선공, 허브를 파는 아가씨, 도로에서 작업하는 인부, 신문 파는 아이 등 거리의 사람들의 모습을 소재로 한 시들을 실었다. 그중에서 4연으로 이루어진 '구두 수선공', '향기로운 허브를 파는 아가씨' 두 편만을 드망 판 《시집》에 수록한다. 여기 포함되지 못했던 짤막한 4행시 6편을 마티스는 모두 《목신의 오후: 앙리 마티스 에디션》에 추가했다. 일상의 풍경을 가볍고 때로는 유머러스하게 그린 소품들이다.

〈소곡—병사의 노래Petit Air-Guerrier〉는 당시 공보 및 문학 잡지인 《메르퀴르 드 프랑스Mercure de France》에서 벌어졌던 상징주의 대 자연주의의 논쟁에 개입하지 않았던 말라르메의 유보적인 태도를 보여주는 시로 간주하기도 한다. 특정 상황이나 사건을 다루면서도 보편성에 도달하는 말라르메의 면모가 나타난다. 〈집약된 온 영혼은〉에서는 현실에서 이상을 소진하는 것이 시라고 정의한다. 그것이 말라르메의 시학이다.

마티스와 책

《목신의 오후: 앙리 마티스 에디션》이 드망판 시집과 결정적으로 다른 점은 읽는 경험에 더해 '보는 경험'을 준다는 점이다. 이 특별한 '보는 경험'은 크게 두 차원에서 이루

어진다. 첫째는 《목신의 오후: 앙리 마티스 에디션》을 위해
오리지널 에칭화가 제작되었다는 점이고, 둘째는 책의 편집
과 제작의 측면이다.

　이 시집을 위해 마티스는 200장의 드로잉을 흑연으로 그
렸다. 그중에서 60점을 에칭화로 제작하면서, 흑연의 두꺼
운 선은 가늘고 단순한 에칭의 선으로 바뀌었다. 필수적이
지 않은 그림들을 점차 빼나가는 과정을 거쳐 총 29점의 오
리지널 에칭화가 시집에 수록되었다. 이 에칭화들은 시집을
장식하거나 시를 보조하는 단순한 삽화가 아니다. 언뜻 즉
흥적이고 간단해 보이기도 하지만, 완성된 시집에 대한 치
밀한 연구와 예비작업을 거쳐 제작된 작품들이다. 마티스는
시와 그림, 여백이 어우러져 조화로운 전체를 이루도록 균
형을 잡으면서 시각적 맥락을 창조하는 데에도 정성을 기
울였다. 1930년부터 작업을 시작한 마티스는 63세 되던
1932년, 《목신의 오후: 앙리 마티스 에디션》을 출간했다.

　이름 있는 화가의 삽화를 곁들인 말라르메의 책은 이전
에도 존재했다. 말라르메가 번역한 에드거 앨런 포의 시집
《갈까마귀Le Corbeau》와 말라르메의 시집 《목신의 오후》에
는 절친했던 인상파 화가 에두아르 마네의 그림이 실렸고,
시집 《페이지들Pages》(1891)을 출간할 때는 피에르 오귀스

트 르누아르의 에칭화가 표제 그림으로 실렸다. 또《운문과 산문Vers et prose》(1892)에는 제임스 휘슬러가 석판화로 제작한 말라르메의 초상화가 등장한다. 결국 빛을 보지는 못했지만,《한 번의 주사위 던지기》는 오딜롱 르동의 삽화를 곁들여 출판할 계획이었다. 마네와 휘슬러, 르누아르, 르동은 말라르메와 친분이 있던 화가들이었고, 그의 '화요회' 모임 일원이기도 했다. 마티스는 말라르메와 그런 접점은 없지만, 책을 만드는 데 직접 관여했다는 점에서 그가 만든 시집은 특별한 의의가 있다.

마티스와 말라르메의 만남은 책에 대한 관심, 특히 출판된 책의 도상에 대해 생각이 일치한다는 데서 비롯되었다. 마티스는 화가였지만, 자기만의 책을 만들 만큼 책에 관심이 많았다. 그는 자신의 드로잉 작품을 대중에게 알리려는 의도로 1920년에《소묘 50점Cinquante dessins》, 1925년에는《소묘Dessins: Thème et variations》를 제작했는데, 심지어 첫 번째 책은 자비로 출판했다. 이 책들에서 마티스는 작품의 순서와 위치를 배열하는 데에 신경 썼다. 전시된 그림으로만 만족하지 않고, 자신의 예술적 비전을 그 우선순위에 따라 대중에게 직접 전달하기 위함이었다. 800점 이상을 제작했을 정도로 판화 작업에 몰두한 것도 책 제작에 도움이

되었다. 사진석판술과 상업적인 인쇄를 활용하긴 했지만 높은 기준을 고집했고, 최고의 기술자들과 작업했다. 책에 대한 이 같은 열정으로 마티스는 《목신의 오후: 앙리 마티스 에디션》 이전에도 피에르 르베르디의 시집 《지붕의 석판들Les Ardoises du toit》(1918)에 삽화를 실은 적이 있고, 이후에는 초현실주의자들의 예술잡지 《미노타우로스Minotaure》(1936)의 표지 그림, 16세기 시인 피에르 드 롱사르의 시집 《사랑의 시선Florilège des Amours de Ronsard》(1948)도 작업했다. 제임스 조이스의 소설 《율리시즈Ulysses》(1935)도 마티스의 삽화 목록에 들어 있어, 그의 작업이 시대와 장르를 넘나들며 폭넓게 이루어졌음을 알 수 있다.

그중에서도 《목신의 오후: 앙리 마티스 에디션》은 아트북의 걸작으로 평가받고 있다. 1930년, 예술과 책을 결합한 출판물로 명성을 쌓은 출판업자 알베르 스키라가 마티스에게 말라르메의 시집 출판을 의뢰하면서 이 작업은 시작되었다. 앞서 제작된 르베르디의 시집에 수록된 삽화들이 이미 있던 그림들을 복제하여 실은 것인데 반해, 《목신의 오후: 앙리 마티스 에디션》에서 마티스는 모든 삽화를 새로이 그렸을 뿐 아니라 제작의 모든 과정에 참여했다. 그 결과 마티스의 첫 번째 책이자 "큰 삽화가 있는 럭셔리 에디션에 대한 생각을 전복시킨 작품"이라는 평가를 받는 예술작품이 탄생했다. 이는 시인 루이 아라공의 말로, 시집의 활자, 그림과 시의 배치, 여백, 디자인을 총체적으로 보았을 때 독보적인 한 권의 책이라는 뜻이다.

실제로 《목신의 오후: 앙리 마티스 에디션》에서 글자와 그림과 여백은 상호작용하는 시각적 이미지를 이루고 있다. 이미지 자체를 느끼고 해석하도록 독자를 유도한다. 원서는 특이하게도 15세기에 만들어진 가라몬드 서체를 사용하고 있으며, 제사題詞 격인 첫 번째 시 〈인사〉를 제외한 모든 시가 이탤릭체로 되어 있다. 고전적인 서체와 이탤릭체의 결합으로 펜으로 필사한 듯한 섬세함과 부드러움이 두드러진다. 이는 가느다랗고 유연한 곡선들로 이루어진 마티스의 에칭 작업과 잘 어우러진다. 시들은 가장자리에 흰 여백을 풍부하게 남기고 중심부에 집중적으로 배치되어 있다. 반면 29개의 에칭화 중 23점은 페이지의 가장자리 여백이 느껴지지 않을 정도로 지면을 꽉 채우고 있다. 6편의 그림은 시의 제목 위 또는 시가 끝난 하단에 배치되어 한 페이지에 시와 그림이 들어찬 느낌을 준다.

마티스는 이러한 효과를 모두 의도하고 만들어냈다. 그는 《목신의 오후: 앙리 마티스 에디션》을 위해 선별한 드로잉들의 시안을 제작하여 책의 모형을 만들었다. 그 과정에서 에칭화의 선이 만족스럽게 표현될 때까지 까다롭게 인쇄를 주문하기도 했고, 페이지들이 만들어내는 시각적 이미지들을 변형하기도 했다. 에칭화를 인쇄할 때 자연스럽게 생기는 플레이트 마크(동판 가장자리에 남는 자국)를 없애 이미지들이 공간에 떠 있는 듯 보이게 만드는 것도 집요한 노력 끝에 가능한 일이었다. 이 모든 과정에서 완벽함을 고집한 이유는 시 텍스트와 드로잉이 균형 있는 밀도를 유지하며 페이지를 채우는 것이 마티스의 예술적 목표였기 때문이다.

텍스트와 이미지의 접촉은 시각적 흐름을 만든다. 독자는 그 흐름 안에서 시와 그림을 엮어 읽으며 해석하는 즐거움을 한껏 누릴 수 있다. 마티스의 의도에 따라 시와 이미지를 연결하고 흐름을 느껴보며 읽어보자. 예를 들어, 시 〈불운〉의 앞장(이 책, 12쪽)에는 긴 머리칼을 흩날리는 여자가 등장한다. 양팔을 뻗고 있는데 얼굴이 없어 호기심을 자아낸다. 마티스는 이 그림을 여러 차례 다시 그렸다. 선택되지 못한 이전 버전들이 미국의 볼티모어 아트 뮤지엄에 소장되어 있어, 그 변화 과정을 볼 수 있다. 가장 먼저 그린 스케치에서 여자는 양팔을 치켜들고 오른발에 무게 중심이 쏠린 자세를 취하고 있다. 선이 단순해지고 음영이 사라진 두 번째 버전에서 여자는 오른발이 성큼 더 나온 상태로 화면 중앙에 자리 잡는다. 몸통이 정면을 향해 있고 인물의 크기도 더 커졌다. 자유로운 느낌을 주지만, 자신의 의지와 관계없이 바람에 실려 날아가는 것 같기도 하다. 시집에 실린 세 번째 버전에서는 몸통을 오른편으로 틀고 있어 앞으로 달려나가는 느낌이 든다. 이 그림은 시 1~2연의 채찍질하는 검은 바람에 맞서 번쩍이는 거친 갈기와 연결되면서, 쓰라린 상황에도 이상을 품고 나아가는 강인한 모습을 각인시킨다. 그런데 페이지를 넘기면 정작 〈불운〉이라는 시 제목 위에는 창 또는 막대기를 움켜쥔 것 같은 주먹이 배치되어 있다. 시를 내려찍는 느낌이다. 이 건장한 주먹은 운명을 내리누르는 위협처럼 느껴지면서 시인을 괴롭히는 '불운'의 무게를 강조한다. 시를 읽고 앞의 여자 그림으로 되돌아가 보면, 꺾여 있는 오른팔이 새로이 부각되면서 여자의 사지가 틀어진 것처럼 보이기도 하고, 페이지의 틀 안에 갇힌 것처럼 보이기도 한다.

한편, 백조의 그림(이 책, 141쪽)은 부제목 '소네트 몇 편'에 뒤이어 등장하기 때문에, 그중 두 번째 소네트인 〈순결하고, 강인하며 아름다운 오늘은〉을 형상화한 것으로 여길 수도 있다. 그렇지만, 그 사이를 첫 번째 소네트 〈어둠이 숙

명의 법칙으로 위협할 때〉가 가로막고 있다. 백조의 그림은
단지 한 편의 시를 위해 배치된 것이 아니라, '소네트 몇 편'
위쪽에 나오는 〈소곡〉 연작들과도 관계가 있다. 〈소곡 Ⅰ〉
에서 시인은 백조도 없고 강둑도 없는 황량한 물가로 여인
이 뛰어든다면 잠시나마 그 모습을 헤엄치는 백조로 여길
것이라고 노래한다. 〈소곡 Ⅱ〉에 등장하는 악사는 자기가
새의 노래를 불렀는지를 의심하며 죽어간다. 그 새의 노래
는 "이 생에서 결코 들을 일 없을" 노래, 바로 죽기 전에 한
번 운다는 백조의 노래다. 이어서 "살아야 할 곳을 노래하
지 않"은 탓에 호수에서 희망 없이 얼어가는 백조의 소네트
가 나타난다. 이처럼 마티스가 배치한 그림은 여러 편의 시
들을 엮으면서, 말라르메가 전하려는 시의 주제들을 전체
적으로 연결하는 구실을 한다.

  에칭화의 선이 극도로 가느다랗고 섬세하게 표현된 것도
의도적이다. 영혼의 푸른 선에 접붙이듯 찻잔에 꽃을 새겨
넣는 〈씁쓸한 휴식에 지치고〉의 필리그란*(이 책, 42쪽)이 연
상된다. 그뿐만이 아니다. 마티스는 그림이 있는 페이지는
백으로, 텍스트가 들어간 페이지는 흑으로 파악했다고 말
하고 있다. 그래서인지 그림들은 지면을 지배하지 않고 백
지의 느낌이 나도록 제작되었다. 인체를 그린 경우에는 몸

의 윤곽이 두드러지지 않고 흐르듯이 표현했다. 작게 그려진 얼굴에는 눈코입이 없고, 커다란 초상화 같은 얼굴에는 눈동자가 없다. 시선을 사로잡아 고정하는 지점들이 사라진 것이다. 이처럼 마티스는 그림을 밝은 상태, 백색의 상태로 유지하면서 그림과 시, 페이지를 양분한 흑과 백의 대조를 표현한다.

마티스는 책에 관한 말라르메의 관점에 공감했고, 특히 그가 삽화가 있는 책의 발전에 기여했다고 생각했다. 그래서 《목신의 오후: 앙리 마티스 에디션》의 시안을 만들 때 최종적으로 출판된 책을 통해 전달하고자 하는 '보는 경험'을 중시했다. 마티스가 선택한 그림과 배치는 완성된 책을 보는 독자가 책 자체를 느끼며 종합하기를 바라며 진행되었다. 마치 '-yx의 소네트'에서 말라르메가 의도했던, 흑과 백이 이루는 조형적 특징, 꿈과 허무로 가득 찬 예칭화를 구현한 듯하다. 게다가 중간중간 시도 그림도 없이 백지인 페이지들도 있다. 마티스의 지면 배치와 편집에서 "여백은

---

* 금은을 실이 헝클어진 모양이니 쌀알 모양으로 만들어 금, 은, 유리로 된 그릇에 붙여 장식하는 세공 방법의 일종. 고대 미술이나 비잔틴 미술 등에서 널리 이용되었다.

강한 인상을 주며 페이지의 중요한 부분을 담당한다"고 한 말라르메를 느낄 수 있다.

이 모든 점을 종합해볼 때 마티스의 삽화는 시를 읽는 마음과 함께 호흡하면서 시집의 필수적인 구성 부분이 된다고 볼 수 있다. 또한 마티스는《목신의 오후: 앙리 마티스 에디션》의 타이포그래피와 레이아웃 등 책을 구성하는 편집을 통해 독자들에게 텍스트 해석의 길을 제시하는 문학 비평의 역할도 하고 있다. 마지막으로 마티스는 오직 한 권뿐인 '책'을 꿈꾸었던 말라르메의 의도를 총괄적으로 구현하는 디렉터의 역할까지 했다고 볼 수 있다. 그는 책을 물질적으로 구현해내는 최종 단계인 제작에까지 참여하여 인쇄할 종이를 선별했는데, 이는 책장을 자르고 넘길 때 느껴지는 종이의 질감도 책의 일부로 여긴 말라르메의 관점까지 재현한 것이기 때문이다.*

---

* 프랑스의 전통적인 방식으로 만든 책은 페이지가 떨어져 있지 않고 이어져 있어 페이퍼 나이프로 붙어 있는 책장을 잘라가며 읽게끔 되어 있다. 1932년 한정 판본으로 145부 제작된《목신의 오후: 앙리 마티스 에디션》은 고급 판본은 일본산 종이에, 일반 판본은 프랑스 아르슈 제지사에서 수공으로 특별 제작된 독피지 질감의 도톰한 종이에 인쇄되었다.

"이 세상의, 모든 것은, 한 권의 책에 이르기 위해 존재한다."

야수파, 색채주의자, 장식적 화가 등으로 알려진 마티스의 특징을 떠올려볼 때 《목신의 오후: 앙리 마티스 에디션》의 삽화는 낯설어 보이기도 한다. 최소한의 굵기를 띤 최소한의 선으로 맑고 가볍게 표현되었기 때문이다.

마티스의 그림 세계는 전반적으로 단순화를 향해 나아가는 과정이었다. "선으로 우리 자신을 표현하는 법을 배워야 한다"고 여겼기에, 마티스는 생각과 수단을 간소화함으로써 평온함을 추구하고자 했다. 여러 실험을 거치는 과정에서 마티스의 주요한 특징인 장식성과 사실성은 번갈아 나타나기도 했지만, 1930년대에 들어서면서 단순성이 극대화된다. 그 무렵 아치라는 특수한 공간을 배경으로 작업해야 하는 반스 재단의 벽화를 맡으면서 마티스는 제한된 공간 안에 모티브를 배치하면서도 시각적인 아름다움을 표현하는 작업에 골몰한다. 이 벽화는 건물의 창 위쪽에 자리하고 있어 빛이 충분하지 않다는 건축적인 여건까지 고려해야 했다.

반스 벽화의 작업은 《목신의 오후: 앙리 마티스 에디션》에도 영향을 미쳤다. 그중 하나는 사람의 모습을 표현하는 방식이다. 벽화에서 마티스는 닫혀 있고 통일된 형체들이 아

니라 부풀고 확장하는 느낌을 표현하려 하였는데, 시 〈목신
의 오후〉를 위해 제작된 삽화들에 표현된 모습도 이와 형태
적으로 유사하다. 제한된 크기의 페이지에 자리 잡은 그림
들이 단순한 선을 타고 공간의 한계를 벗어나 책 너머로 확
장되어나가는 느낌도 반스 벽화와 흡사하다. 또 다른 하나
는 공간을 표현하기 위해 마티스가 활용한 작업 방식이다.
마티스는 벽화를 그리게 될 공간과 동일한 크기의 캔버스에
디자인을 해보면서 작업을 준비했다. 일반적이지 않은 모
양과 위치의 공간에 그리게 될 그림이 주변 환경이나 관람
자의 참여와 조화를 이룰 수 있기를 기대했기 때문이다. 이
를 위해 현장과 가장 유사한 모형을 사전 제작하는 방법*으
로 마티스는 하나의 그림이 아니라 하나의 공간을 창조했
는데,《목신의 오후: 앙리 마티스 에디션》을 작업할 때도
마찬가지였다. 마티스는 제작한 드로잉들을 압정으로 스튜

---

* 벽화가 그려질 장소는 반스 재단 건물에 있는 메인 갤러리의 상단 벽이었다.
  이 공간은 3개의 프렌치 도어와 천장의 커다란 곡선 아치 사이에 위치하고,
  3개의 반원으로 분리된 형태였다. 마티스는 이 공간과 같은 크기의 캔버스에
  서 작업할 수 있는 빈 차고를 빌렸지만, 그 거대한 그림을 수정하거나 변경하
  기 어렵다는 문제에 봉착했다. 이를 해결하기 위해 시도된 것이 종이 오리기
  방법이다. 마티스는 캔버스에 직접 그림을 그리는 대신, 색종이 조각을 잘라
  벽화의 표면에 배치하고 수정해가며 디자인을 완성했다.

디오 벽에 붙여놓고 삽화와 편집의 구상들을 발전시켜나갔다. 시와 여백이 일정 부분 차지하는 책의 페이지들을 시선의 움직임에 따라 재창조되는 거대한 이미지로 만들기 위한 방법이었다. 마티스는 또《목신의 오후: 앙리 마티스 에디션》의 최종 모델을 위한 시안을 실물로 제작했다. 책 그자체를 가장 직접적인 형태로 재현해보는 방식을 통해 그는 자신의 책이자 말라르메의 책을 만들었다.

〈책, 영혼의 악기〉에서 말라르메는 "이 세상의, 모든 것은, 한 권의 책에 이르기 위해 존재한다"라고 썼다. 그러나 그 한 권의 책에 말라르메는 끝내 이르지 못했다. 실현되지 못하고 시인의 머릿속에만 존재했던 한 권의 책.《시집》은 유일무이한 책의 이상을 담고 있지만, 그 책 자체는 아니었다. 말라르메는《시집》의 원고와 별도로 쓰였던 노트들 뭉치를 모두 불태우라고 했다. "아름다웠을 수도 있었을 그것들"의 흔적을 남기지 말라는 유언이었다. 책의 이상을 담았던 그 노트는 말라르메의 유언을 온전히 지키지 않은 아내와 딸 덕분에 세상에 남았다.

마티스가 제작한 말라르메의 시집《목신의 오후》는 말라르메와 같은 꿈을 꾸었던 또 한 명의 예술가가, 자신이 펼칠 수 있는 방식으로 그 책의 아름다움을 구현한 것은 아닐까 생각해본다. 말라르메의 가상의 책, '책'은 목표와 과정에 대한 사유, 거기에 담긴 의미만으로 구현될 수 있는 것이 아니었다. '책'이 담아야 할 콘텐츠뿐 아니라 물질적인 실체도 중요했다. 활자의 크기와 배열, 여백의 구성, 책을 펼쳤을 때 양쪽 페이지가 총체적으로 이루어내는 시각적 이미지. 거기에 한 페이지의 크기와 종이의 질감까지 더해져 완성되는 개념적, 물질적 총합인 그 무엇이었다.

마티스 또한 말라르메와 같은 꿈을 실현해보려 했다. 그는 수없이 드로잉을 그려보면서 가장 순수하고 단순한 형태를 창조해나갔다. 시와 여백이 일정 부분 차지하는 공간에 그 형태를 배치하고 화면을 나누며 이미지를 창조해냈으며, 더 나아가 제약이 있는 공간 안에서, 구성 요소들 사이의 긴장을 조율하면서 물리적으로도 조화로운 총체를 만들어나갔다. 책은 끊임없는 시선의 왕복이라고, 한 권의 책으로 하나의 세계를 펼칠 수 있다고 여긴 말라르메의 이상에 마티스도 공감했을 것이다. 그렇기에 시인도, 편집자도 아니면서 그는 시를 고르고 배치하고 화면을 나누고 그림을 그려 넣어 시선이 능동적으로 움직이는 흐름을 창조해냈다.

말라르메의 어렵고 관념적인 유희가, 순수 개념처럼, 마티스의 선을 따라 고적하고 순수하게 피어난다.

　두 예술가의 이상은 한 권의 책에 이르기 위해 존재했으
리라.

옮긴이의 말

"미쳤다."

거칠지만 이렇게밖에 말할 길이 없다. 말라르메를 연구하고 공부해오면서, 그를 수식하는 '시의 사제', '시의 수도승'과 같은 수식들에 점점 동의하기 어려워졌다. 지고하고 정신적인 작업에 금욕적으로 몰두하는 정적인 시인의 이미지만으로는 표현할 수 없는 역동성과 광기가 그의 작품에서 느껴졌기 때문이다. 멋들어지고 고귀한 수식어를 모두 버리고, '미친놈'으로 말라르메를 정의하고 싶어졌다. 의미 있다고 여긴 한 세계를, 이것저것 재지 않고 파고들어간 한 존재에 대한 최고의 경외심을 담아서 말이다. '지상의 삶을

오르페우스식으로 풀이'한다는 문학적 목표에 대해 말라르
메는 다른 설명을 덧붙이지 않는다. 오르페우스식이란 과
연 무엇인가? 노래의 궁극성보다, 간절함의 의미라고 역자
는 생각한다. 죽음을 무릅쓸 정도로 간절한 무엇이 있다는
것, 그래서 갈 수 없는 곳의 경계를 넘어가보려 했다는 것,
그것이 그의 광기이다. 삶과 죽음을, 지상과 천상 혹은 지
하를, 흑과 백을 넘나드는 역동성이다.

"아, 또 미쳤다."
《목신의 오후: 앙리 마티스 에디션》을 번역하면서, 그 역
동성이 구현되는 한 방식을 목도했다. 생애 내내 좌절을 거
듭하면서도, 시가 표출할 수 있는 순수 개념을 구상화하려
는 노력을 포기하지 않은 말라르메의 이상이 다른 예술가
에게 전파된 것을 보며 감동했다. 마티스를 통해, 이루지
못한 말라르메의 '책'을 향한 꿈 한 자락이 상상에서 현실
의 3차원 형태로 모습을 나타냈기 때문이다.

그래서 이 시집은 말라르메의 책인 동시에 마티스의 책이
다. 말라르메가 이루지 못한 이상을, 그 이상에 동조하는
또 다른 예술가 마티스가 동일한 집요함으로 만들어낸 물
질, 하나의 실체이기 때문이다. 인간의 한계 안에서 괴로워

하면서도 찬란함과 격렬함을 말하는 것이 유일한 순수 예술이라고, 그것이 존재의 유일한 증거라고 말라르메는 말한 바 있다. 그는 인간의 물질성을 거부하지 않았고, 그렇기에 꿈꾸는 '**책**' 또한 물질성의 한계 안에서 구현하는 것을 목표로 삼았다.

1932년에 발간된 《목신의 오후: 앙리 마티스 에디션》을 재현한 희귀본을 조심스럽게 펼쳐보면서, 이 책이 말라르메가 온갖 메모로, 시적인 의도로 남긴 미완의 '책'에 대한 시도라는 것을 확신할 수 있었다. 일반적인 책의 편집 체계에 어긋나는 여백과 시와 그림의 배치, 고전적인 서체, 질감이 살아 있는 크림색 종이, 제본되지 않은 채 접혀 있는 페이지들, 붉은 양장본 표지, 북케이스 등 원본을 구성하는 모든 것이, 이 책은 오감으로 느껴야만 하는 것이라고 말하고 있었다. 독자들께 이 시집의 낯선 구조와 배치, 그리고 그것을 따라가는 묘미가 전달되었다면, 그것은 말라르메의 물리적 실체로서의 책, 시적 이상을 현실화한 총체로서 마티스가 의도한 바라는 것을 말씀드리고 싶다.

이 시집의 번역은 단순히 시어를 선택하고 시 원문을 충

실히 옮기는 문제가 아니라, 하나의 시 세계를 시각화, 공간화하는 문제였음을, 작업을 마치고 난 뒤 한층 더 절감한다. 그 책의 실체와 마주하며 느꼈던 감동과 전율을 모두 담아내지 못한 것은 어디까지나 역자의 부족함 탓이다.

문예출판사의 배려와 이효미 편집자님의 유연한 열정이 있었기에, 이 시집이 본래의 모습을 닮게 구현될 수 있었다. 머리 숙여 감사드린다.

스테판 말라르메 연보*

1842년   3월 18일, 프랑스 파리 제2구 라페리에르가 12번지에
             서 출생. 아버지는 국유지 관리국 관리였던 뉘마 플로
             랑 조제프 말라르메, 어머니는 엘리자베트 펠리시 데몰
             랭. 본명은 에티엔 말라르메Étienne Mallarmé이고, 스테판
             말라르메는 필명.

1847~1848년(5~6세) 어머니 사망. 외할아버지 앙드레 데몰랭이
             법정 대리인이 됨. 아버지 재혼.

1850년(8세) 오퇴유의 상류층 기숙학교 입학.

---

* 프랑스 갈리마르 출판사에서 출간된 '말라르메 전집' 제1권(*Mallarmé Œuvres
  Complètes*, tome I, Édition présentée, établie et annotée par Bertrand Marchal, 1998)에
  실린 연보를 참고해 역자가 간략하게 정리했다.

1852년(10세) 파시의 가톨릭 수도회에서 운영하는 기숙학교에 입학.

1854년(12세) 첫영성체. 학교 과제로 말라르메의 첫 글쓰기로 알려진 〈황금 잔La Coupe d'or〉과 〈수호천사L'Ange gardien〉를 지음.

1855년~1856년(13~14세) '반항적이고 허영심이 많다'는 이유로 파시의 기숙사에서 퇴거당함. 상스의 리세(프랑스의 중등교육기관)에 기숙생으로 들어감.

1857년(15세) 말라르메가 "내가 사랑했던 유일한 사람"이라고 한 여동생 마리아 사망. 샤를 보들레르의 《악의 꽃 Les fleurs du mal》 출간.

1858년(16세) 상스의 리세에서 〈첫영성체를 위한 칸타타Cantate pour la première communion〉를 씀.

1859년(17세) 한 해 동안 직접 필사해 시집 《네 벽 사이에서 Entre quatre murs》를 편집함. 테오필 고티에의 '시 전집Poésies complètes'을 구입함.

1860년(18세) 8월에 대학입학자격시험인 바칼로레아에 낙제했으나 11월, 파리에서 재응시해 합격함. 12월 상스의 국유지 관리국 하급 직원으로 직장생활을 시작함. 이에 대해 "바보 되기의 첫걸음"이라는 말을 남김.

1862년(20세) 스테판 말라르메라는 이름으로 글을 발표하기 시작함. 최초로 글이 발표된 해인 1월에는 잡지 《나비 Le Papillon》에 에마뉘엘 데 제사르의 《파리 시편 Poésies parisiennes》에 대한 평문이, 2월에는 아르센 우세에게 헌정된 시 〈청원서Placet〉(이후 〈하찮은 청원서Placet futile〉로 제목이 바뀜)가 게재됨. 3월에는 잡지 《예술가L'Artiste》에 〈불운Le Guignon〉의 첫 5연과 〈종 치는 수사Le Sonneur〉 발표함. 훗날 아내가 될 독일 여성 크리스티나 게르하르트('마리아'로 불림)에게 구애. 에드거 앨런 포의 작품을 영어로 읽고 싶은 열망과 장차 영어교사가 되고자 하는 희망으로 국유지 관리국을 그만두고, 11월 마리아와 런던으로 건너감.

1863년(21세) 아버지 사망. 런던의 브롬프턴 오라토리오 수도회의 교회에서 마리아와 결혼식을 올린 뒤 파리를 거쳐 상스로 돌아옴. 영어교육 자격증을 취득하고 투르농(아르데슈)의 리세의 기간제 교사로 부임. 정식 발령을 받지 못한 부담감이 커 "투르농이라는 끔찍한 구멍"으로 "추방"되었다고 느낌.

1864년(22세) 〈에로디아드Hérodiade〉를 쓰기 시작함(총 7편으로 구성된 장시로 구상). 딸 주느비에브 출생.

1865년(23세) 〈에로디아드〉를 접어두고, 목신을 주인공으로 하는 영웅 막간극(훗날의 〈목신의 오후L'Après-midi d'un faune〉)을 쓰기 시작. 이 작품을 코메디 프랑세즈에서 상연하고자 했으나 거부됨.

1866년(24세) 〈에로디아드〉의 서곡('성 요한의 송가'가 그 일부)을 작업하는 한편, 13편의 시를 주간지 《현대 파르나스Le Parnasse contemporain》에 보냄. 그중 시 10편이 앙리 카잘리스의 작품과 함께 제11호에 실림(〈창Les fenêtres〉, 〈종 치는 수사〉, 〈조용한 여인에게À celle qui est tranquille〉, 〈새로운 봄에Vere novo〉, 〈창공L'Azur〉, 〈바다의 미풍Brise Marine〉, 〈탄식Soupir〉, 〈꽃들Les Fleurs〉, 〈어느 가난뱅이에게À un pauvre〉, 〈에필로그Épilogue〉). 열한 번째 시 〈여름날의 슬픔Tristesse d'été〉은 제18호에 실림.

카잘리스에게 "나는 무를 발견한 뒤에 미를 발견했습니다"라는 편지를 보냄. 막연한 상태이기는 하지만 작품에 대한 사색으로 여름을 보냄.《현대 파르나스》에 작품이 발표된 후, 학부모들의 압력으로 투르농의 리세에서 해고됨. 브장송의 리세에 부임.

1867년(25세)   카잘리스에게 다음 편지를 보냄. "다행히 나는 완전히 죽었으며, 내 정신이 모험을 할 수 있는 곳이라면 가장 불결한 지역이라 해도 그곳이 영원입니다. (…) 이제 나는 비인칭이며, 당신이 알고 있던 스테판이 아니라—과거의 나였던 이를 통해, 정신의 우주가 스스로를 보고 스스로 전개해나가는 어떤 능력이라는 점을 말씀드리는 겁니다." 아비뇽의 리세에 부임.

1868년(26세)   시인 프랑수아 코페에게 다음 편지를 보냄. "2년 전에 저는 이상적인 나신을 한 꿈을 보는 죄를 저질렀습니다. (…) 이제 순수 작품의 끔찍한 상像에 도달하여 이성을 잃을 지경입니다." 〈저 자신을 우의하는 소네트Sonnet allégorique de lui-même〉(〈제 순결한 손톱들이 그들의 오닉스를 높이 들어 바치는Ses purs ongles très haut dédiant leur onyx〉의 초고)를 써서 카잘리스에게 보냄.

1869년(27세)   카잘리스에게 다음 편지를 보냄. "제 인생의 첫 번째

국면은 끝났습니다. 어둠이 넘쳐흐르던 의식은 깨어
나, 천천히 새로운 인간을 이루어가는 중이며, 그 인
간이 창조되고 나면 저의 꿈을 다시 발견하게 될 것입
니다. 그러려면 몇 년이 걸릴 텐데, 그동안 저는 인류
가 유아기 이래 자의식을 갖고 지나온 삶을 다시 살아
야 할 것입니다." 구상하고 있던 작품《이지튀르Igitur》
에 대해 처음 언급함.

1871년(29세)   상스에서 아들 아나톨 출생. 파리 모스쿠가로 옮겨옴.
《현대 파르나스》제2호에 〈에로디아드〉 중 '장면'을
발표함.

1872년(30세)   문예지《문예부흥 La Renaissance artistique et littéraire》에
에드거 앨런 포의 시 8편을 번역해 발표함. 퐁탄 리세
에서 영어반 한 개를 맡음.

1873년(31세)   인상파 화가 에두아르 마네를 알게 됨.《테오필 고티
에의 무덤 Le Tombeau de Théophile Gautier》에 〈추모의
건배Toast funèbre〉가 실림.

1874년(32세)   《문예부흥》에 글 〈1874년의 회화 심사위원단Le Jury
de Peinture pour 1874〉을 게재하고 '1874년 살롱전Salon
de 1874'에서 두 점의 작품이 거부된 마네를 옹호함. 퐁
텐블로 숲 부근의 발뱅에 처음으로 체류함. 직접 편집
한 격주간지《최신 유행 La Dernière Mode》첫 호를 발
행함.

1875년(33세)   롬가 87번지로 이사. 말라르메가 번역하고 마네가 삽
화를 그린 포의 시집《갈까마귀 Le Corbeau》가 르메르

출판사에서 거절되었다가 레클리드 출판사에서 출간됨. 《현대 파르나스》 제3호에 싣기 위해 〈목신Faune〉(후에 〈목신의 오후〉로 제목이 바뀜)의 최종본을 르메르 출판사에 보내지만, 당시 심사위원인 프랑수아 코페, 테오도르 드 방빌, 아나톨 프랑스가 거부함.

1876년(34세) 마네가 삽화를 그린 시집 《목신의 오후》가 드렌 출판사에서 출간됨. 《월간 예술평론 The Art Monthly Review》에 〈인상파와 에두아르 마네 The Impressionists and Edouard Manet〉가 실림. 마네가 말라르메의 초상화를 그림. 〈에드거 포의 무덤 Le Tombeau d'Edgar Poe〉이 《에드거 앨런 포: 추모 문집 Edgar Allan Poe: A Memorial Volume》에 실림.

1877년(35세) 《문예공화국 La République des Lettres》에 말라르메가 번역한 포의 시들이 실림. 이 무렵에 쓴 편지들에서부터 '화요회'를 암시하는 내용이 등장함. 이후 대략 1884년부터 말라르메가 사망한 1898년까지 롬가 자택에서 매주 화요일(말라르메의 휴일)마다 문인과 예술가들의 모임이 정기적으로 열림.

1878년(36세) 트뤼시-르루아 형제 출판사에서 《영어 단어집 Les Mots anglais》 출간. 돈벌이를 위해 영어와 관련된 다양한 작업을 이 출판사와 기획함.

1879년(37세) 소아 류머티즘을 앓던 끝에 아들 아나톨 사망. 1871년부터 번역해온 G. W. 콕스 출판사의 신화 입문서를 로트쉴드 출판사에서 《고대의 신들 Les Dieux *antiques*》이라는 제목으로 출간(출간 연도는 1880년으로 기재되어 있음).

1880년(38세) 죽은 아나톨에게 바치는 시 〈무덤Tombeau〉을 위한 노트를 씀. 극심한 류머티즘으로 두 달간 와병.

1882년(40세) 《거꾸로À rebours》의 집필 계획을 알려온 소설가 조리스-카를 위스망스에게 말라르메는 당시 귀족사회의 유명인사였던 로베르 드 몽테스키외에 주목해보라고 조언함. 이 인물은 소설의 주인공 데 제생트의 성격 설정에 영향을 줌.

1883년(41세) 마네 사망. 베를렌에게 다음 편지를 보냄. "작품의 골격을 짜는 데 몰두하고 있습니다. 산문이지요. **사상**이라는 측면에서 우리는 모두 지진아들이어서, 제 사상을 구축하는 데 저는 10년도 더 걸렸습니다." 베를렌은 잡지 《뤼테스Lutèce》에 연재하는 '저주받은 시인들'의 세 번째 기고문을 말라르메에게 헌정함.

1884년(42세) 이 무렵 마네를 통해 알게 된 여인, 메리 로랑에 대한 암시가 편지에 처음 등장함. '저주받은 시인들'에 실린 시 〈환영Apparition〉에 클로드 드뷔시가 곡을 붙임. 바니 출판사에서 연재 글을 책으로 엮어 《저주받은 시인들 Les Poètes maudits》을 출판함. 위스망스의 《거꾸로》 출간. 베를렌이 발표한 논평과 위스망스의 찬사로 말라르메는 예상하지 못한 대중적 명성을 얻게 됨. 같은 해 극작가 카튈 망데스는 《현대 파르나스의 전설》여러 페이지를 말라르메에게 할애함. 장송 드 사이이 리세에 정교사로 임명됨.

1885년(43세) 《독립 평론 *La Revue indépendante*》지에 1월에는 데 제
생트를 위한 〈산문 Prose〉이 실리고, 3월에는 〈순결하
고, 강인하며 아름다운 오늘은 Le vierge, le vivace et le bel
aujourd'hui〉과 〈시간의 향유가 배인 그 어떤 비단도
Quelle soie aux baumes de temps〉가 실림. 베를렌에게 자서
전에 관한 편지를 보냄. 이 편지에서 말라르메는 '**책**'
에 관해 "시인의 유일한 임무인 지상의 삶에 대한 오
르페우스식의 설명"이라 언급함.

1886년(44세) 《바그너 평론 *La Revue wagnérienne*》지에 바그너에게
바치는 〈예찬 Hommage〉을 발표함. 산문시 3편과 아르
튀르 랭보의 《일뤼미나시옹 *Illuminations*》 일부가 수
록된 《라 보그 *La Vogue*》 창간호가 발간됨. 이 잡지의
6월호에 구두점이 없는 최초의 시 〈당신의 이야기에
내가 나온다면 M'introduire dans ton histoire〉이 발표됨. 장
모레아스의 상징주의 선언이 《피가로 *Le Figaro*》지에
실림. 《독립 평론》에 연극 시평을 쓰기 시작함(1887년
7월까지 9편의 글을 씀).

1887년(45세) 《독립 평론》에 '소네트 3부작 Triptyque'이 실림. 독립
평론 출판사에서 시집 《목신의 오후》 결정판이 출판
됨. 《예술과 유행 *L'Art et la Mode*》지에 〈이 머리칼은,
극단에 이른 불꽃의 비상 La chevelure, vol d'une flamme à
l'extrême〉이 들어 있는 산문시 〈장터의 선언 La Déclaration
foraine〉이 실림. 독립 평론 출판사에서 사진석판본 《시

244

집 *Poésies*》이 발행됨(47부 인쇄).

1888년(46세)   《에드거 포 시집 *Poèmes d'Edgar Poe*》과 《칠기 서랍 *Tiroir de laque*》(1891년 《페이지들 *Pages*》이라는 제목으로 출간됨)의 원고를 드망 출판사에 보냄. 마네가 그린 포의 초상화가 함께 수록된 《에드거 포 시집》이 출간됨.

1890년(48세)   《선풍 *The Whirlwind*》지에 〈휘슬러에게 보내는 쪽지 Billet à Whistler〉가 실림.

1891년(49세)   고갱이 말라르메의 초상화를 그림. 《파리의 메아리 *L'Écho de Paris*》의 기자 쥘 위레의 '문학의 진화에 관한 설문'에 답함. 3월에 아급성 류머티즘으로 3개월 휴직을 신청했다가 호전되지 않아 새 학기가 시작되는 10월까지 휴직을 연장함. 《페이지들》 출간, 표지 그림과 표제 왼쪽 삽화를 오귀스트 르누아르가 그림. 발레리가 처음으로 방문. 드망 출판사로부터 《시집》에 대한 첫 선금을 받음.

1893년(51세)   《플륌 *La Plume*》지의 7주년 기념 축하연에 참석하여 〈축배 Toast〉(후에 〈인사 Salut〉로 제목이 바뀜)를 낭송. 드뷔시의 〈펠레아스와 멜리장드 Pelléas et Mélisande〉, 바그너의 〈발퀴레 Die Walküre〉 공연을 관람하고, 이 두 공연에 대한 시평을 《내셔널 옵서버 *National Observer*》지에 기고. 11월 퇴직 허가를 받음. 다음 해 1월 1일부터 연간 1,200프랑의 문인수당을 받게 됨.

1894년(52세)   《문학 연보 *L'Obole littéraire*》에 〈짓누르는 구름에 À la nue accablante tu〉 게재. 드망 출판사에 《시집》 원고를 보

냄. 시카고에서 발행되던 문예지 《챕북 *The Chap Book*》
에 주소 4행시 모음인 '우편 소일Les Loisirs de la Poste'이
실림. 클로드 드뷔시가 작곡한 〈목신의 오후 전주곡〉
초연.

1895년(53세) 1월 《플륌》에 〈샤를 보들레르의 무덤Le Tombeau de
Charles Baudelaire〉이 실림. 2월 《플륌》에 퓌비 드 샤반에
게 바치는 〈예찬Hommage〉 게재.

1896년(54세) 베를렌 사망. 말라르메가 베를렌의 무덤에서 조사를
낭독함. 그 글이 수정되어 2월 1일자 《플륌》에 실림.
베를렌의 뒤를 이어 말라르메가 '시인들의 왕자Prince
des Poètes'로 선출됨. 《피가로》에 〈여인이여, 지나친 격
정 없이도Dame, sans trop d'ardeur à la fois enflammant〉 발표.
《카르티에 라탱*Au Quartier latin*》지에 다섯 편의 〈부
채Éventails〉를 발표. 미술 전문 출판업자 앙브루아즈
볼라르가 오딜롱 르동의 삽화를 넣어 시집 《한 번의
주사위 던지기*Un coup de dés jamais n'abolira le hasard*》
를 "세상에서 가장 아름다운 책으로 만들기 위해 필
요한 모든 비용을 지불"하겠다는 계획을 말라르메
에게 알림. 말라르메는 다국적 잡지 《코스모폴리
스*Cosmopolis*》에 발표하기 위해 원고를 준비했으나 발
간되지 못함.

1897년(55세) 《백색 평론*La Revue blanche*》에 베를렌을 위한 〈무덤
Tombeau〉 발표. 샤르팡티에 출판사에서 산문시와 평
론을 묶은 《여담*Divagations*》 발표. 《코스모폴리스》에

246

〈한 번의 주사위 던지기〉 발표. 볼라르로부터 르동이 삽화를 그리기로 한 시집《한 번의 주사위 던지기》결정본을 위한 선금 250프랑을 받고, 피르맹-디도 출판사에서 출판하기로 함.

1898년(56세) 탐험가 바스쿠 다 가마의 항해 400주년을 기념해 출간된《기념 앨범 *Album commémoratif*》에 〈어느 찬란하고 희미한 인도 너머로Au seul souci de voyager〉가 수록됨. 중단했던 〈에로디아드〉 집필을 다시 시작해 죽기 전까지 작업을 계속함. 9월 9일, 발뱅에서 호흡 곤란으로 타계. 〈에로디아드〉는 끝내 미완으로 남고, 1899년 드망 출판사에서 《시집》이 사후 출간됨.

옮긴이 최윤경

이화여자대학교 불어교육과를 졸업하고 같은 대학 불문과 대학원에서 말라르메 연구로 문학 석사 및 박사 학위를 받았다. 현재 중앙대학교 다빈치교양대학에 교수로 재직 중이며, 19세기 프랑스 시에서 출발해 프랑스어권 문학, 교양학 연계 연구로 영역을 넓혀가고 있다. 옮긴 책으로 윌프리드 은송데의 소설 《나의 가슴은 표범의 후예》, 주요 논문으로 〈말라르메의 '최신 유행'에 나타난 가스트로노미〉, 〈'스승' 말라르메와 화요회〉, 〈말라르메의 창작의 위기와 거짓말 유희〉, 〈프랑스 시와 청춘의 주제〉, 〈말라르메 시에 나타난 여성성의 근대적 의의〉, 〈주름의 형상으로 본 말라르메의 '책'〉, 〈말라르메와 유추〉 등이 있다.

목신의 오후 | 앙리 마티스 에디션

1판 1쇄 발행 2021년 12월 24일
1판 2쇄 발행 2022년 4월 10일

지은이 스테판 말라르메 | **엮은이·그린이** 앙리 마티스 | **옮긴이** 최윤경
펴낸곳 (주)문예출판사 | **펴낸이** 전준배

책임편집 이효미 | **편집** 고우리 박해민 | **디자인** 한미나
영업·마케팅 김영수 | **경영관리** 강단아 김영순

출판등록 2004. 02. 12. 제 2013-000360호(1966. 12. 2. 제1-134호)
주소 03992 서울시 마포구 월드컵북로 6길 30
전화 393-5681 | **팩스** 393-5685
홈페이지 www.moonye.com | **블로그** blog.naver.com/imoonye
페이스북 www.facebook.com/moonyepublishing | **이메일** info@moonye.com

ISBN 978-89-310-2255-1 03860